KB234583

이 말에 내 마음 움직였어

이 말에 내 마음 움직였어

이 말에 내 마음 움직였어

칼럼니스트 정석희의 〈TV 속으로〉

정석희 지음

책꽂이

"TV 칼럼니스트 정석희 씨, 모셨습니다."

매주 듣지만 아직도 낯설고 어색한 호칭이다. 사람들은 나를 'TV 칼럼니스트'라고 부른다. 더 듣기 민망하게 '대중문화 평론가'라고 부르기도 한다. 칼럼이라니? 평론이라니? 나는 그저 좋은 물건을 주변 사람들과 나눠 쓰는 심정으로 수다를 떤 것뿐인데……. "어제 그거 봤어? 그 장면 기억나? 그 노래 정말 좋았지?"라고 말해주는 식이다. 이를테면 지금 우리 아파트 앞 트럭에서 팔고 있는 복숭아가 끝내주게 달다고 사방팔방 전화를 걸어 알려주는 것과 비슷하다.

하기야 취재를 해서 기사를 작성하는 기자도 아니고 그렇다고 방송인이랄 수도 없으니 딱히 마땅한 호칭이 없긴 하다. 하지만 이 기회에 내가 쓰는 글과 하는 말은 칼럼이나 평론이 아닌 '시청소감'이라는 점을 분명히 해두고 싶다.

사실 TV를 백해무익하다고 여기는 사람들이 알게 모르게 많다. 자녀 교육을 위해 TV를 과감히 없애는 가정도 날로 늘어간다. 어떤 사람은 "TV, 그거 무슨 재미로 봐요?"라며 은근히 자신의 문화 수준을 과시하려 든다.

나는 이런 세류에 역행하는 사람이 분명하다. 우리 아이들에게 나는 'TV를 권하는 엄마'니까. 교육자들이 들었다가는 혀를 끌끌 찰 소리인지도 모르겠다. 그러나 함께 TV를 보며 울고 웃고, 때로는 티격태격 갑론을박을 벌여가며 아이들을 길러 온 내가 감히 단언할 수 있는 게 한 가지 있다. TV 속에는 분명 어떤 교육 현장에서도 접할 수 없는, 어느 위인전을 통해서도 얻을 수 없는 주옥같은 명언과 가슴을 울리는 감동이 있다는 사실이다.

보기에 따라서는 TV는 해만 끼치는 요물단지가 될 수도 있다. 하지만 반대로 세상을 보는 또 다른 창이 될 수도 있다. 일명 막장 드라마 속 한 장면에서 귀한 예절이 뭔지 알게 되는가 하면 토크쇼에 출연한 나이 어린 아이돌에게서 뜻밖의 인생 교훈을 얻기도 한다. 그것은 보는 사람의 시선과 방식에 따라서 얼마든지 달라질 문제다.

그래서 TV를 보다가 좋은 말, 좋은 사람, 좋은 관계를 발견하면 이 아줌마의 오지랖은 여지없이 발동한다. 이 괜찮은 사람 좀 알아봐주십사, 글로 말로 호소하는 것도 모자라 SNS로는 물론 사석에서까지 얘기하고 또 얘기한다. 좋은 건 우리 모두가 함께 공유함이 마땅하고 옳은 일이 아니겠나.

그처럼 함께 나누고 싶은 사람들의 얘기들을 한자리에 모아봤다. 드라마 속에서 느낀 나만의 명대사도 있고, 엄마의 마음으로 인터뷰를 한 아이돌의 이야기도 있다. 눈시울 적신 다큐와 토크쇼 소감도 넣었다. 주제를 막론하고 내가 괜찮았다고 생각한 이야기를 묶었다. 좀 더 많은 사람들과 좋은 이야기를 나누고 싶은 마음에.

2012년 가을

정석희

차례

✱✱✱✱ 네 번째 이야기
Drama
Talk

이 말에
내 마음
움직였어

People Talk

하지원 • 이효리 • 장근석 • 한혜진 • 박재범
지오 • 배두나 • 김동완 • 박신양

왜 하지원은
나이 문제가 없을까

KBS2
〈승승장구〉에서
하지원의 한마디

"너무 힘들어서 이렇게까지 해야 되나 싶을 때도 있죠.
부상이 너무 심해 내가 배우를 계속할 수 있을지 걱정한 적도 있으니까요.
그러나 끝나면 또 새로운 액션을 하고 싶어져요.
사실은 너무 힘들 때도 있잖아요, 그러면 집에 가서 막 울어요.
엄마, 나 다시는 액션 안 할 거야, 이러면서요.
그런데 회복이 또 빨라요. 이틀 지나면 다 잊어버리거든요.
액션을 사랑하는 것 같아요.
사랑도 아프기도 하고, 하고 싶지 않을 때도 있고 그런 것처럼
액션도 나의 일부분이에요."

이 말에 내 마음 움직였어

MBC 드라마 〈더 킹 투하츠〉에서 우리는 아주 특별한 북한 여성을 만났다. 바로 북한 특수부대 교관 김항아로 분해 여전사로서의 카리스마를 유감없이 보여준 하지원이다. 평상시에는 남한 처자들 못지않게 미모에 신경을 쓰고, 꽃미남 연예인들에게도 관심을 갖는 등 귀여운 여성의 면면까지 보이며 열연했다.

특기이자 취미가 오직 연기라는 그녀의 선전 덕인지 수목 드라마들의 불꽃 튀는 혼전 속에 〈더 킹 투하츠〉는 시청률 경쟁에서 좋은 성적을 거두며 당당히 막을 내렸다.

✳ ✳ ✳

KBS2 〈승승장구〉를 보기 전까지는 그녀의 얼굴이 남달리 동안이라고 생각해 본 적이 단 한 번도 없었다. 아예 나이가 몇 살인지 궁금하지도 않았다. 그러니 상대 연기자 이승기보다 무려 아홉 살이 많다는 소리에 어찌 놀라지 않을 수 있으리. 하지원은 1978년생 서른넷이고, 이승기는 1987년생으로 올해 스물다섯. 경력으로 보아 막연히 연상이겠거니 했지만 그 정도로 차이가 많이 날 줄이야.

물론 처한 여건이 여러모로 다르긴 하나, 나이 어린 연기자들과 부조화를 이루는 연상의 여배우 때문에 한동안 떠들썩하지 않왔나. 그런데 하지원의 경우 나이 차이가 전혀 문제시 되지 않으니 신기할밖에. 궁금증이 일어 검색을 해봤더니 스턴트우먼을 연기했던 SBS 드라마 〈시크릿 가든〉의 상대역 현빈도 네 살이 어렸단다. 그러나 그때 역시 배우들의 나이가 그다지 의식되지 않았던 것 같다.

여자가 자기 나이보다 어려 보이고 싶은 건 본능과도 같다. 주름진 얼굴이 멋져 보이는 건 한참 나이가 든 후의 일이고, 한 살이라도 더 젊어 보이고 싶은 게 여자의 마음이다.

하물며 일반인도 아닌 여배우라면 어려 보이고 싶은 마음이 남보다 더 앞설 터. 그럼에도 보톡스 맞았어요, 시술했어요, 이런 말 없이도 매번 남자배우들과의 멋진 조합을 내보이는 하지원이다. KBS2 드라마 〈황진이〉에서는 나이 어린 원호 도령(장근석 분)과도 좋은 그림을 보여줬던 기억이 났다. 어째서 그녀는 연하의 남배우들과 유독 잘 어울려 보이는 걸까.

그건 아마도 그녀가 그토록 사랑한다는 액션 연기 때문이지 싶다. 아니 액션 자체보다는 혼신을 다한 열정 어린 연기 투혼이 결국 나이를 잊게 만드는 비장의 무기이리라. 연기를 하는 순간에는 하지원이 안 보이고 극중 인물인 김항아나 길라임, 황진이가 보이기 때문 아니겠는가.

MBC 퓨전 사극 〈다모〉에서의 검술을 시작으로, 영화 〈색즉시공〉에서는 에어로빅을, 〈1번가의 기적〉에서는 복싱을, 또 〈7광구〉

에서는 스킨스쿠버와 바이크를 제대로 선보이고자 매번 기나긴 시간을 자신과 사투를 벌여야만 했다는 그녀. 〈다모〉 때는 한 번 와이어에 매달리면 여덟, 아홉 시간 촬영은 기본인지라 아예 매달 린 채 끼니를 해결하기도 했고, 〈황진이〉에서는 묘기에 가까운 줄 타기까지 대역 없이 직접 해냈다고 한다.

✳ ✳ ✳

KBS2 〈개그 콘서트〉에 이런 코너가 있었다. 여배우가 어떤 액 션만 지시하면 "나, 이런 거 못해!"라고 바르르 떨고, 뒤이어 무엇 을 주문해도 그 이상을 해내는 대역배우가 등장하는 코너. 이렇게 개그 소재로 등장하기까지는 알게 모르게 여배우 의식, 여배우 특 권 같은 게 존재한다는 뜻 아니겠나. 그런 것과는 도무지 연관이 지어지지 않는 여배우 하지원은 이 모든 버거운 액션들과 온몸으 로 부딪히는 동작 하나하나에 진심을 전달하려고 애쓰고 있다.

이제 보는 사람들의 시선도 많이 달라졌다. 보여주는 것만 보는 시청자들이 아니다. 보여주는 것 뒤에 숨겨진 노력이나 남다른 자 세까지 주목하는 시청자들이 많아졌다. 돈 들여 하는 간단한 시술 로 예뻐 보이는 건 어느 여배우라도 할 수 있다. 하지만 돈으로도 세월을 막을 수 없는 순간이 온다.

거기에 반해 이런 독보적인 입지를 다진 하지원은 어떨까? 적어 도 국민배우 칭호는 족히 받을 수 있을 게다.

여느 연기자들과 차별되는 열정과 노력이 가상하긴 해도 한편
으론 걱정이 아니 될 수 없다. 이젠 액션이 삶의 일부분이라고는
하지만 듣자 하니 부상의 정도가 너무나 지나치지 않은가.

영화 〈형사 Duelist〉 촬영 당시 낙법을 연습하다 추락하는 바람
에 목뼈가 부러졌는데 두 달이나 지나 다른 부상으로 응급실을 찾
았을 때야 골절 사실을 알게 되었다니. 하도 안 아픈 곳이 없이 온
몸이 다 아프다보니 목뼈가 부러지는 정도의 고통은 예삿일이었
나 보다.

나는 부디 그녀가 충분한 휴식을 취한 다음 더 화끈한 모습으로
돌아왔으면 좋겠다. 안젤리나 졸리에 필적할 대한민국 최고의 액
션 여배우로 불린다 한들 제 몸이 성치 않으면 무슨 소용이 있으
리. 충분한 치유와 휴식만이 훗날 더 큰 감동을 가져다 줄 연기자
로 거듭나는 길이라는 점, 잊지 않았으면 좋겠다. 그럼에도 하지원
의 다음 작품은 무척 기다려지네.

그 어떤 명품백보다
돋보였던
이효리 에코백

SBS 〈힐링캠프,
기쁘지 아니한가〉에서
이효리의 한마디

"과거에는 사는 대로 행동했다면
지금은 생각하는 대로 살게 된 거 같아요."

얼마 전 SBS 〈힐링캠프, 기쁘지 아니한가〉에서의 발언으로 화제가 된 시대의 아이콘 이효리. 버려진 개를 입양하고 가지고 있던 모피를 모두 팔아 기부하는 등 동물보호와 환경문제에 적극적으로 동참하고 있고, SNS로 봉사활동 소식을 수시로 전하고 있다. 그럼에도 밍크를 입는 사람을 향해 눈을 흘기지도, 가죽제품 구입을 극구 만류하지도 않는 모양새다. 그녀가 돋보이는 건 자신처럼 살기를 남에게 절대 강요하지 않기 때문이다.

값나가는 외제 자동차와 모피, 명품을 선호하고 고기를 즐겨 먹는 사람들. 그들보다 그 모든 걸 삶에서 내려놓으려고 노력하는 자신의 행보가 우월하다고, 옳은 길이라고 내세우지도, 자랑하지도 않는다.

한때 '한우홍보대사'였던 그녀가 식용동물 사육에 거부감을 느껴 채식주의로 돌아섰듯이, 남들도 상황에 따라 좋은 쪽이든 나쁜 쪽이든 얼마든지 달라질 수 있다는 걸 이미 알고 있기 때문인지도 모르겠다. 하기야 조석으로 변하는 게 사람의 마음이라는데 길고 먼 미래를 어찌 장담할 수 있겠나.

그 대신 돈과 명성이 넘쳐남에도 자신을 사랑하는 방법을 알지 못했던, 과거 자신과 비슷한 길을 걷는 이들에게 솔직한 모습을 보

이 말에 내 마음 움직였어

여주기로 마음먹은 모양이다. 그래서 그녀는 OnStyle 〈이효리의 소셜클럽 GOLDEN 12〉를 통해 현재 생활하는 모습을 가감 없이 보여주기 시작했다.

가까운 이들과 채식 파티를 열어 요리법을 소개하고, 음식물 쓰레기를 줄이는 방법을 알려주는가 하면, '씨티 팜'(상추나 허브를 길러 먹는 것)을 배운다. 자전거를 타고 떠나는 저탄소배출 여행도 시도한다. 더 나아가 적게 쓰면서도 얼마나 풍요로운 삶을 살 수 있는지 경험하기 위해 자연주의 음악가 윤영배가 기거하는 제주도 집을 찾아가기도 했다.

이처럼 단상 위에서 내려다보며 가르치려 드는 것이 아니라 보고 들은 후 정말 좋다 싶으면 함께 같은 길을 가자고 권하는 자세가 마음에 든다. 시와 음악이 있어 좋았던 제주도의 밤, 그녀가 기타를 치며 들려준 장필순의 '스파이더 맨'은 버스커버스커 장범준의 잔잔한 기타 연주가 더해져 이효리 표 어떤 노래보다 가슴에 와닿았다.

배를 타고 바다로 나가 낚시해 온 생선과 바위틈을 누비며 주워온 소라를 구워내고, 돌담 아래에서 자란 부추로 전을 지지고, 텃밭에서 뽑은 채소로 저녁을 지어 일행에게 먹이는 모습은 또 얼마나 자연스러워 보였는가.

지금껏 레드 카펫 위나 명품 행사장, VIP 시사회에서 덕담을 주고받는 스타들이 부러웠던 적은 단 한 차례도 없었다. 하지만 모닥

불 앞에서 두런두런 이야기를 나누는 소탈하면서도 정겨운 자리, 거기에 끼어 앉고 싶은 마음이 보는 내내 샘솟지 뭔가. 신기한 일이 아닐 수 없다. 늘 도발적이고 까칠해 보여 멀게 느껴지던 그녀에게서 이런 자연스러운 친근함이 흘러나오다니.

✳ ✳ ✳

특히나 많은 생각을 하게 만들었던 건 공항패션, 그중 에코백이다. 앞으로 가죽가방을 되도록 들지 않을 예정이라고 선언한 바 있지만 에코백을 정말 들고 다닐 줄이야. 인증 샷을 남기기 위해 머리에서 발끝까지 협찬받은 명품으로 도배하고 의기양양 공항에 나타나는 수많은 스타들이 오버랩될밖에.

물론 180도 달라진 그녀의 삶을 삐딱하니 바라보는 시선도 있다. 표절 사건으로 추락한 이미지 쇄신을 위한 전략이 아닐까 의심하는 이들이 있다는 얘기다. 그러나 사람은 자신의 그릇대로 저울질하고 판단하는 법. 그런 눈길에 굳이 신경을 쓸 이유도, 필요도 없지 않을까?

이효리가 들려주는 얘기에 귀 기울이는 사이, 나이 오십 넘은 고정관념으로 가득한 이 아줌마의 마음에도 변화의 바람이 인다. 한동안 악어백이며 타조백으로 돌아가던 눈길이 부끄럽게 느껴지기 시작했고, 자동차 시동을 걸려다 말고 버스정류장으로 향하는 일이 차츰 잦아지고 있다.

이 말에 내 마음 움직였어

이래서 스타의 일거수일투족이 중요한 모양이다. 연예인이 공인이냐 아니냐를 두고 자주 갑론을박이 일지만, 스타가 보통 사람보다 누군가의 마음을 움직이기 쉬운 건 사실이지 않은가. 어쨌든 이번 주말엔 에코백을 찾아 들고 거리로 나서런다. 이러다 아예 에코백 만들기에 꽂히는 건 아닐지 모르겠다.

이제
스물여섯인
걸요

일본 후지 TV
〈스마스마 SMAP X
SMAP〉에서
장근석의 한마디

"10월의 아레나 투어를 비롯해
여러 차례의 일본 공연을 기획 중이에요.
11월에는 정규 앨범도 나올 예정인데
아무래도 경험이 많은 스맙 형들의
조언이 필요하지 싶어요."

이 말에 내 마음 움직였어

일본에서 '근짱'으로 불리며 뜨거운 관심을 모으고 있는 연기자 장근석이 일본의 국민 아이돌 그룹 SMAP이 진행하는 후지TV 〈스마스마SMAP X SMAP〉 'BISTRO SMAP(비스트로 스맙)'에 출연했다.

얼마 전 세계적인 스타 레이디 가가의 출연으로 화제를 불러온 바 있는 〈스마스마〉의 간판 코너에 등장했다는 건 장근석의 일본 내 인기가 허명이 아님을 증명한다.

KBS2 드라마 〈황진이〉에서 황진이(하지원 분)와의 사랑을 이루지 못한 채 요절하는 은호 도령을 맡았던 풋풋한 미소년이 그새 성장해 마이클 잭슨, 레이디 가가 같은 쟁쟁한 스타들이 초대되는 〈스마스마〉에 나오다니. 마치 내 자식의 일이라도 되는 양 감격하지 않을 수 없었다.

출연한 것에 의의를 두나 보다 했는데 그날 출연은 장근석이 어떻게 근짱이 될 수 있었는지 면면들을 들여다보는 계기를 만들어 주었다. 먼저 스맙 멤버들이 장근석의 일본 공연에 대해서 물었다.

"아레나 투어를 비롯하여 여러 차례 일본 공연을 기획 중이에요. 정규 앨범도 나올 예정인데 아무래도 경험이 많은 스맙 형들의 조언이 필요하지 싶어요."

장근석이 경험 많은 형들이라고 하자 스맙 멤버들은 저마다 따뜻한 미소로 화답하며 그를 바라보기 시작했다. 마치 자랑하듯이 비즈니스 차원에서 말했다면 스맙 멤버들은 그런 온화한 태도로 그를 맞지 않았을 것이다.

또 진행을 맡고 있어서 요리 경연에 참여하지 못해 늘 초대 손님의 선물을 받지 못하는 리더 나카이에게 별도로 자신의 사진집을 선물했다. 뒤이어 서울시 홍보대사를 맡고 있으니 만약 스맙 멤버들이 서울에 온다면 기꺼이 안내를 해주겠다며 전화번호가 적힌 폴라로이드 사진을 건네는 게 아닌가.

그런가 하면 스맙 멤버들이 최근 발간된 '비스트로 스맙' 요리책을 선물하자 그렇지 않아도 책이 나왔다는 소식을 듣고 일본에 오면 살 생각이었는데 사인까지 된 책을 선물 받아 기쁘다며 활짝 웃었다.

아무나 할 수 없는 이런 특별한 배려가 그들의 마음을 사로잡은 것이다. 더 대견한 건 지금까지 출연했던 우리나라 연예인 중 가장 '재미'있었다는 거다. 한류의 물꼬를 튼 배용준이며, 이영애, 장동건, 이병헌, 류시원, 그리고 최근 콩트 코너에 출연했던 이승기까지 여러 스타들이 〈스마스마〉를 거쳐 갔지만 이만큼 뛰어난 예능감을 발휘해 호감을 일으킨 경우는 드물었다. 화면 속 스맙 멤버들과 진심으로 함께 즐거워하는 게 보였다.

마치 아들 보듯 그를 대견하게 여기는 건, 수년간 지속되어온 대중의 비난을 꿋꿋하게 이겨내고 그 자리에서 최선을 다하고 있기 때문이다.

KBS2 〈쾌도 홍길동〉이며 MBC 〈베토벤 바이러스〉를 통해 나무랄 데 없는 탄탄한 연기력으로 호평을 받았지만, 한때 미니홈피에 올렸던 글과 사진 때문에 따라붙은 비아냥거림은 끊임없이 그를 괴롭히며 사그라질 줄 몰랐다. 마치 MBC 〈최고의 사랑〉에 나왔던 구애정(공효진 분)처럼 대중의 질시는 계속됐으니까.

장근석은 십 대 초반부터 연예인 생활을 시작했으니 평범하게 살아 본 경험이 일천하다. 그래서 그러려니 하고 손아래 동생의 치기를 보듯 너그러이 봐주면 좋으련만 대중들이 다 누나 마음일 수는 없지 않겠나.

게다가 그에게는 단독주연에 국민동생 칭호를 받을 만한 대박 드라마 운도 없었다. 일본에서 그를 스타로 만든 KBS2 〈미남이시네요〉도 국내에서는 만족할 만한 시청률을 올리지 못했다. 야구로 치면 매번 잔잔한 안타로 진루는 하지만 홈런 한 방에 목말라 있는 타자라고나 할까. 장근석이라는 인물을 모두가 다 아는데 대표작을 모른다는 것, 그게 그에겐 딜레마일 것이다. 더구나 최근 소녀시대 윤아와 함께 주연을 맡은 KBS2 〈사랑비〉의 반응도 신통치 않았다.

아시아의 프린스라고 불리며 승승장구하는 일본과 사뭇 다른 한국 내에서의 반응에 민감해질 법도 하다. 일본에서와 한국에서의 온도차에 압박감을 느끼지는 않냐는 질문에 그는 이렇게 대답했다.

“이제 겨우 스물여섯인 걸요.”

지혜롭다는 말은 이런 때에 써야 하는 법. 이제 겨우 스물여섯 살이니 앞으로 할 수 있는 도전과 시간이 더 많다는 뜻이었으리라. 무슨 사건 종결짓듯이 드라마 시청률에 연연하면서 일희일비하지 않겠다는 의미이다.

자기 자신에 대한 신뢰와 각오가 묻어나는 한마디, 아직은 스물여섯이라는 그 말이 그의 현재 내면을 고스란히 보여준다. 겨우 이십 대 중반이기에 조급증을 내지 않고 더 열심히 하겠다는 약속을 스스로에게 하고 또 하고 있을 터였다.

✱ ✱ ✱

연예인은 한순간에 나락으로 떨어질 수 있는 살얼음판을 걷는 직업이다. 따라서 언제 그가 또다시 대중의 질타를 받을지는 알 수 없다. 하지만 이제 겨우 스물여섯 살이라는 말처럼 그는 진행형이다. 변화를 거듭하면서 질타를 호감으로 반전시킬 여지는 얼마든지 있다.

물론 나도 진행형이다. 나이를 먹긴 했지만 사회활동을 하는 유기체이다. 내 아이들도 진행형이고 이 책을 읽는 당신도 진행형이다. 앞으로 할 수 있는 일이 더 많고 실수들도 있을 거다. 그러나 분명한 건 어떤 실수나 판단착오가 있었다 하더라도 만회할 수 있는 시간 또한 남아 있다는 사실이다.

문제는 자신의 판단착오나 과오 앞에서 허우적대기만 하다가 더 나쁜 선택을 하거나 좌절할 때 발생한다. 결과에 자신을 못 박은 듯이 고정시키고, 그것을 억지로 만들어가려고 하면 자꾸 같은 실수를 반복하게 된다. 끝은 또 다른 시작이라고 하니 현재를 끝인 양 생각하지 말고 좋은 쪽으로의 변화를 꾀해보자.

우리 인생은 결말이 예측되는 막장드라마가 아니지 않는가. 부족한 것을 채워나가고 상대방의 마음을 얻을 때 전혀 다른 결말이 다가올 여지가 분명 존재한다. 장근석이 질타를 받았던 테크노댄스와 찬사를 받았던 셔플댄스의 차이를 깨달은 것처럼 내가 무엇을 해야 하는지 알아나가는 것, 그게 중요하다.

척이 아닌
자랑의 기술

SBS 〈힐링캠프,
기쁘지 아니한가〉에서
한혜진의 한마디

"많이 따라왔죠. 최대? 하루에? 모르겠어요.
그냥 제 주변에 늘 가득 있었어요.
제가 버스에 타면 따라들 타시더라고요.
〈말죽거리 잔혹사〉의 한가인 씨, 그게 저인 줄 알았어요.
깜짝 놀랐어요, 영화 보면서."

SBS 〈힐링캠프, 기쁘지 아니한가〉에서 "한혜진 씨는 학교 다닐 때 버스 타면 남학생들이 안 따라왔어요?"라고 이경규가 묻자 한혜진은 마치 기다렸다는 듯 자랑을 늘어놓았다. 스스로가 한가인에 필적할 미모라는 주장으로 들리는, 어찌 보면 다소 위험한 발언이었지만 얄밉기는커녕 오히려 귀엽게 느껴졌다.

순간 2004년, KBS2 〈해피투게더〉 '쟁반 노래방'에 나와 '얼마나 인기가 있었는지 버스에 타면 아예 지정석이 있었다'라는 자기 자랑 하나로 하루아침에 인기스타 반열에 올랐던 연기자 천정명이 떠올랐다. KBS2 〈북경 내사랑〉의 홍보를 위한 출연이었는데, 그날 천정명이 하도 눈부신 활약을 하는 바람에 정작 드라마의 주인공인 김재원이 빛을 잃었던 기억이 난다.

KBS2 〈학교2〉와 SBS 〈똑바로 살아라〉에서 노주현의 매니저로 등장해 좋은 인상을 남기긴 했지만 크게 주목받지는 못했던 천정명이 예능 프로그램에서 '자랑'이라는 한 가지 매력으로 순식간에 대중의 마음을 사로잡은 것이다.

그간 자기 자랑이나 잘난 척은 비호감으로 가는 지름길이라고 배워왔을, 그래서 늘 겸손이 미덕임을 가슴에 아로새기고 출연했을 당시 연예인들로서는 뒤통수라도 한 대 맞은 양 허망했을 게다.

그러나 무턱대고 천정명의 전철을 밟으려 들었다간 낭패를 보기 십상이다.

심리학에 후광효과halo effect라는 게 있다. 사람이 갖고 있는 어떤 장점 때문에 다른 특성들까지 더불어 좋게 평가되는 현상을 일컫는 말이다. 그날 천정명의 경우, 마냥 순수하고 악의가 없는 인물로 느껴졌기 때문에 아무리 잘난 척을 해도 도무지 거부감이 들지 않았던 것이리라. 그러나 호감을 주지 못하는 사람이 눈치 없이 자랑질을 했다가는 결과는 안 봐도 빤하다.

한혜진도 마찬가지다. 매주 틈만 나면 대놓고 자기 자랑을 하는가 하면, 종종 오라버니뻘 되는 김제동이며 한참 선배인 이경규에게까지 통박을 주기도 한다. 하지만 그 같은 언행들이 맑은 품성 덕에 거슬리지 않고 오히려 여동생의 정감 어린 투정쯤으로 다가오고 있다.

평소 여성과의 동반 진행을 극구 피해온 이경규와 벌써 몇 달째 무탈하게 호흡을 맞추고 있는 걸 보면 완급 조절에도 상당히 능해 보인다. 언제 얼마만큼 나가다가 멈춰야 하는지 타고난 감으로 제어를 잘 하고 있는 모양이다.

한혜진이 과거의 인기를 자랑하는 그 시각, KBS2 〈대국민 토크쇼 안녕하세요〉에서도 다른 자랑 한 판이 벌어지고 있었다. 초대 손님으로 등장한 가수 김연우가 요즘 인기를 실감하느냐는 MC 신동엽의 질문에 "너무 많이 알아봐서 귀찮아 죽겠어요. 예전엔 김범수 씨와 똑같은 신세였는데 데뷔 16년 만에 비로소 연예인의 삶은 이런 것이구나, 느끼게 되네요."라며 너스레를 떨었다.

감히 팬들을 두고 귀찮다는 표현을 하다니, 자칫 오해를 살 법도 한 말이었지만 그의 한마디 한마디에 진심으로 고마워하는 마음이 배어 있었기에 보는 사람도 불편하지 않았다.

이제 자기 자랑은 토크의 기술로 자리 잡은 것 같다. 돌아보면 SBS 〈야심만만〉의 김수로나 MBC 〈황금어장〉 '무릎팍 도사'의 염정아처럼 적절한 '자랑의 기술'로 이미지를 상승시킨 연예인들이 꽤 많다. 그런데 이게 사실 아무나 함부로 시전할 수 있는 기술은 아니다.

앞서 말했듯이 반드시 호감이 가는 인물일 것, 누가 보든 허세가 아닌 공감이 가는 내용일 것, 무엇보다 중요한 건 고마움과 배려와 도리를 아는 인물로 느껴져야 할 것 등등의 조건을 갖추고 있을 때만 유용하다.

이는 비단 예능 프로그램에 국한된 얘기는 아니니 실생활에도 적절히 응용해 보자. 자랑의 기술을 발휘하기 전에 내가 조건을 갖추었는지 한 번 더 생각해 보고.

가식과는 무관한
청년 박재범

박재범 인터뷰
중에서 한마디

"〈불후의 명곡2〉를 하면서 다양한 음악을 접하게 되어 좋았어요.
처음으로 트로트도 불러보고요.
우리나라에 좋은 곡이 많다는 것도 알게 됐죠.
저는 안 좋은 음악은 없다고 생각해요.
취향의 문제일 뿐인 거예요."

역경을 헤치고 팬들 곁으로 돌아온 박재범. 그를 음악방송 리허설과 본 방송 사이의 틈새를 비집고 만났다. 옆얼굴에 아로새겨진 쪽잠의 흔적이 너무나 선명해서 이내 후회가 밀려들었다. 쉴 시간을 눈치도 없이 빼앗았지 싶어서. 하지만 수인사를 나누고 인터뷰가 시작되자 혹시라도 말을 잘 못 알아들을까 봐 눈을 가늘게 만들어가며 집중하는 모습에서 순수함과 진심이 느껴졌다. 누구보다 자유롭지만 또 누구보다 예의 바른, 결코 가식과는 무관한 스물여섯 살의 청년이 거기 있었다.

✳ ✳ ✳

처음 보았을 때는 반드시 성공을 하고 말겠다, 이런 생각과 다짐은 없어 보였다. 지금 당장 그만두게 된다고 해도 나름대로 어딘가에서 행복하게 지낼 것 같은 느낌? 그런 자유로운 영혼이 어떻게 이렇게 심리적 압박이 심한 연예인이 되었을까.

원래 가수를 할 생각은 없었다고 한다. 연예인이나 가수가 어릴 적 꿈도 아니었고 그냥 음악과 춤이 좋았을 뿐인데 어쩌다 보니, 시간이 흐르고 우연히 가수가 되어 있었다. 다만 그의 삶에 있어서 무엇보다 중요한 게 가족이라 가족을 위해 성공하고 싶었고,

돈을 벌어 가족을 기쁘게 해주고 싶었다. 그리고 이제는 주위 사람들을 도와주기 위해, 힘이 되어주기 위해 더 잘되고 싶어졌단다. 기특했다.

춤을 잘 추는 그는 사실 춤보다 가사를 먼저 썼다. 중학교 때 흑인 음악을 듣기 시작하면서 자연스레 랩을 좋아하게 되었다. 자주 듣게 되니 따라 부르게 되고, 그러다 차차 직접 가사를 쓰게 된 거다. 책을 많이 읽고, 노래를 많이 들었던 게 가사를 쓰는 데 도움이 되었다는데 그래서인지 우리나라 말이 어눌하지만 재치가 있었다.

좀 놀았겠구나 싶게 스타일리시한 모습과 달리 그는 음악과 농구를 좋아하는 평범한 소년이었다. 춤이 좋아 밖으로 돌긴 했어도 싸움이라고는 해본 적이 없다고 한다. 누가 시비를 걸어온 적이 한 번도 없다고 하니 이 청년을 스태프들이 왜 각별히 챙기고 칭찬했는지 조금은 짐작이 간다. 착했다.

✱ ✱ ✱

살아가면서 적을 만들지 않는 성격만큼 부러운 게 또 있을까. 그런 그가 대한민국이 다 알 만큼 떠들썩하게 소속사와 마찰을 겪었으니 마음고생이 이만저만이 아니었을 게다.

"처음엔 참 낯설었어요. 나와 너무 안 맞는다는 생각도 들었고. 연습생이 뭔지도 모르고, 가수가 뭔지도 모르고 왔으니까요. 각오 같은 것도 없이 아무것도 모르는 상태에서 한국에 왔기 때문에 제가 여태껏 살아온 방식과 다르다는 점이 이해도 안 되고 힘들었어요. 하지만 일이든 사람이든 시간이 지나니 익숙해지더라고요. 적응하게 되고. 틀에 짜인 스케줄은 반갑지 않죠. 누구라도. 그러나 지금은 스케줄 관리에 저도 참여하고 있어요. 그룹을 할 때는, 예를 들어 의상이나 헤어스타일 같은 게 사실 맘에 들진 않았지만 팀을 위해 어느 정도 포기하고 활동했어요. 지금은 저 혼자니까 스타일리스트와 의논해서 제 의견을 많이 반영하는 편이에요. 음악, 의상, 머리, 스케줄 모든 부분에 제 의사가 많이 들어가 있어요. 따라서 책임이 저에게도 있죠."

나는 그가 어떤 이유로 팀을 떠나야 했는지 모르지만 더 묻고 싶지도 않았다. 다만 개성이 강한 청년이 그룹 활동을 하려니 애로가 컸겠구나 하는 짐작만 할 뿐이다.

눈여겨봐야 할 것은 그런 스캔들이 아니기 때문이다. 그걸 딛고 다시 한국에 컴백했다는 사실에 더 주목해야 하지 않겠나. 웬만해서는 대형 소속사와 갈등을 겪고 다시 그 자리까지 올라가기가 쉽지 않다. 그럼에도 많은 사람들이 이 청년을 원했고 그만큼 노력했기에 지금의 자리까지 빠른 시간 내에 올라갈 수 있었을 것이다.

그런 의미에서 그의 성격이나 재능, 노력은 내가 생각하는 그 이상일 것 같다. 사실 KBS2 〈불후의 명곡2〉 이전에 몇 번이고 방송 출연이 무산되었다. 녹화까지 다 마친 상태에서 무산이 된 거라 초조하고 서운했을 법도 한데 오히려 담담하게 대답했다.

"저야 괜찮아요. 그런데 팬들께서 실망을 많이 하셨어요. 사실 팬들은 제가 굳이 TV에 출연하지 않더라도 저를 유튜브나 공연을 통해 자주 볼 수 있잖아요. 하지만 자신이 응원하는 가수니까 다른 사람들도 많이 봤으면 좋겠다고 생각하시는 것 같아요. 제가 더 성공하길 바라니까, 방송을 못하면 여러 사람에게 저를 알릴 수 없으니까, 그게 속상하신가 봐요. 물론 저도 지금보다 더 많은 분들이 제 음악을 들어주길 바라죠. TV 프로그램에 출연하지 못하면 제 음악을 쉽게 홍보하지 못하잖아요. 그래도 크게 마음에 두진 않아요. 전 언젠가는 잘 풀리겠지 하고 긍정적으로 생각하거든요."

이게 그가 끊임없이 팬들의 사랑을 받는 이유일 게다. 자신의 속상함보다는 팬들이 자신을 어떻게 생각하는지 알기에 그 마음을 먼저 보듬고자 하는 자세 말이다.

✳ ✳ ✳

감탄사가 절로 나오는 분결같은 피부에 솔직하면서도 깍듯한 매너, 적당한 재치까지 두루 갖춘 기분 좋은 청년이다. 반짝이는 눈빛이며 표정만으로 어찌 그가 통과한 터널의 깊이를 알 수 있겠는가. 말끝마다 가족과 팬들에 대한 고마움을 표하는 박재범. 팬들과의 사이가 각별한 것도 고마움을 고마움으로 남겨두지 않고 기회가 될 때마다 고맙다고 표현하는 자세 덕분이지 싶다.

"제가 활동을 할 때나 안 할 때나, 한국에 있을 때나 없을 때나 저를 잊지 않고 똑같이 응원해 주시니까 팬들이 가족처럼 가깝게 느껴져요. 방송에 출연하는 일들이 좋지만은 않아요. 제가 좋아하지 않아도 어쩔 수 없이 해야 하는 여러 가지들이 있으니까요. 하지만 팬들께 제 모습을 보여드리고 싶어서 더 열심히 하려고 애를 써요."

그건 말뿐인 '열심히 할게요'가 아님이 틀림없다.

"음, 어떤 프로그램은 하고 싶다, 어떤 건 안 하고 싶다고 말할 수 있는 위치는 아닌 것 같아요. 저는 우리나라 방송 시스템에 대해서 잘 모르잖아요. 웬만하면 회사의 의견을 따르고 있어요. 물론 음악만큼은 제 생각대로 하죠. 지금 제가 작업하고 싶은 음악을 제가 일하고 싶은 사람들과 함께 할 수 있다는 게 행복해요."

이제는 무조건 열심히가 아니라 왜 열심히 해야 하는지도 알게 된 그. 앞으로 음악활동에 있어서도 R&B만 고집할 게 아니라 다양하게 시도해 보고 싶은 마음이 생겼다고 한다.

"요즘 유행이 일렉트로닉 팝인데 제가 불러봤을 땐 그냥 그랬거든요. 별 감흥이 없었죠. 그런데 얼마 전 빅뱅 콘서트에 갔는데 일렉트로닉 팝을 부를 때 분위기가 정말 좋더라고요. 제가 한쪽으로 너무 치우쳐 있지 않나 하는 생각이 들었어요. 공연을 위해 그런 곡도 만들어 볼 생각이에요. 한 스타일의 음악만 추구하지 않으려고요. 발라드도 불러보고 싶고, 랩도 해보고 싶고, 밴드와 함께 공연하는 것도 좋고요. 다양한 음악을 해보고 싶어요."

물론 가족이 가장 중요하지만, 그 다음은 단연 팬이 중요하고, 자신을 응원해 주는 이들을 위해 음악을 하고 싶다고 한다.

"혼자 활동하면서 팬들이 주는 힘을 더 많이 느꼈어요. 비보이 분들도 저를 응원해 주고, 힙합 하는 분들도 그렇고, R&B 하는 분들도 그렇고요. 대중에게는 제가 비보이 대표 같거든요. 그래서 더 잘해야 돼요. 그분들이 저를 인정해 주고 자랑스럽게 생각해 주시니 실망을 드리고 싶지 않아요."

스물여섯이라는 나이가 무색하게 앳된 얼굴이지만 마음 씀씀이가 어찌나 시원시원한지. 점심시간에 사방이 다 뚫린 커피숍에서 이뤄진 인터뷰였다. 여기저기서 휴대전화 카메라 셔터 소리가 들려왔지만 본인도 매니저도 제지할 생각을 안했다. 그가 팬들에게 인정받고 끊임없이 사랑받는 비결이 뭔지 알 것 같았다. 자유롭게 드나들라고 열린 문 같은 청년이었다.

지금은
마지막이
아니야

"안녕하세요, 가수 지오입니다.
옛날 곡들을 들어보면 참 순수하고 솔직한 느낌이 있거든요.
그래서 그 느낌을 살리려고 많이 노력했어요."

KBS2 〈불후의 명곡2〉는 아이돌은 노래 실력이 부족할 것이라는 그간의 선입견을 말끔히 씻어줬다는 점에서 의미가 있는 프로그램이다. 여기에 참가한 그룹 엠블랙의 보컬 지오가 처음 받은 미션 곡은 1992년 KBS2 〈가요톱10〉의 대표 히트곡 양수경의 '사랑은 차가운 유혹'.

"옛날 곡들을 들어보면 참 순수하고 솔직한 느낌이 있거든요. 그래서 그 느낌을 살리려고 많이 노력했어요."

본인의 곡 해석대로 군더더기 없이 깔끔하게 소화해낸 무대였다. 과하지 않은 절제된 분위기가 마음에 와 닿았는데 "안녕하세요, 가수 지오입니다." 라는 첫 인사에 지켜보던 내 목이 메어오지 뭔가. 지금까지 엠블랙이 아니라 '가수 지오'라는 이름으로 자신을 소개할 수 있는 무대가 몇이나 되었을까.

물론 〈불후의 명곡2〉 무대에 오른 모든 아이돌들이 지오와 마찬가지로 그룹 이름을 떼고 본인을 소개해 왔다. 하지만 지오는 사전 인터뷰 내용 때문인지 느낌이 남달랐다.

가수 지오로서 무대에 서기까지 겪어온 구구절절한 지난날들이 청중 앞에 선 순간 주마등처럼 스쳐갔으리라. 외모나 춤으로 그룹이 꾸려지고, 립싱크로 대변되던 1세대 아이돌과는 달리 요즘은 아

이 말에 내 마음 움직였어

이돌 가수 데뷔가 녹녹치 않다는 건 이미 잘 알려진 사실이다. 길고 긴 연습생 시절을 거쳤다는 빅뱅의 G-드래곤이나 2AM의 조권이야 두말하면 잔소리고, 동방신기의 유노윤호도 연습생에 뽑혔을 당시엔 세상을 다 얻은 양 기뻐했으나 막상 연습실에 당도해 보니 자신 같은 연습생이 백 명도 넘게 있어 깜짝 놀랐다고 한다.

게다가 연습생이라고 다 데뷔할 기회를 얻는 것도 아니다. 〈불후의 명곡2〉에서 발군의 가창력을 선보인 슈퍼주니어의 예성이나 비스트의 요섭도 함께 연습했던 다른 친구들이 먼저 데뷔하는 걸 지켜봐야 했을 때, 그때가 가장 견디기 힘들었다고.

꿈 하나에 모든 것을 걸고, 많은 것을 포기한 채 경주마처럼 앞만 보고 달려왔을 그네들의 하루하루. 빛 못 보고 사그라졌을 수많은 꿈들을 생각하면 어른으로서 책임을 통감하지 않을 수가 없다.

지오가 지나온 길은 그 누구보다 험난했다. 2007년 혼성 R&B 그룹 타이키즈로 데뷔했으나 회사가 도산되는 바람에 별 성과 없이 해체되었다. 엎친 데 덮친 격으로, 회사가 망했으면 계약 또한 공중분해되는 게 상식이건만 어찌 된 영문인지 자유로운 몸이 된 것도 아니었다. 어쩔 수 없이 어린 나이에 법정까지 가게 됐으나 부모님께는 차마 그 사실을 알릴 수 없어 변호사도 혼자 알아보고 다녔다는 지오. 더구나 소송진행과 엠블랙 결성시기가 맞물려 있었다니 이래저래 얼마나 마음고생이 심했을까. 자칫 잘못했다가는 또 한 번의 기회조차 무산될 터, 아마 속이 제 속이 아니었을 거다.

“극단적이지만 죽고 싶다는 생각도 많이 했다.”라는 지오의 말을 듣는 순간 가슴이 철렁했다.

최근 들어 자주 보도되는 연예인들의 자살 소식이 오버랩 되는 한편, 지오와 흡사한 처지에 놓인 친구들이 알게 모르게 산재해 있을 게 빤한지라 그들에 대한 염려까지 보태져 조마조마한 심정이었다. 그나마 지오는 이십 대에 당한 일이라지만, 이런 경우에 놓인 세상 물정 모르는 십 대 청소년들이 오죽이나 많을까. 욕심에 눈이 먼 어른들에게 꿈을 저당잡힌 채 비인간적인 대우 속에서 쉼 없이 노력했을 어린 친구들을 생각하면 화가 끓어오른다. 자기 자식이라면 설마 그처럼 무책임하게 쓰고 버릴 상품 취급을 했겠나 말이다.

여자일 경우에는 더 몹쓸 일도 벌어진다고 하니 사회적 보호가 무척 절실하다. 아이돌들을 보고 있자면 학교 밖이 새삼 무섭다. 학교 안도 또래의 폭력으로 인해 안전지대는 아니겠지만 연예계에 발을 들여놓은 십 대들에게는 최소한의 안전망도 없지 않은가.

몰지각한 어른들이 만들어놓은 어둡고 긴 터널을 홀로 헤쳐 나와 다시금 도약의 발판에 선 지오에게 같은 어른으로서 심심한 사과와 더불어 격려의 박수를 보낸다. 지금은 또래 아이돌들과 경합을 벌이고 있지만 열심히 꿈을 갈고 닦아 수년 뒤엔 임재범이나 이소라 같은 가수들과 함께 경연을 펼치는 모습을 볼 수 있기를 바란다.

또한 그 과정에서 벌어지는 일들은 단지 과정일 뿐이라는 생각을 해줬으면 한다. 혹독한 연습생 시절을 거쳐 가수가 되었듯이, 그냥 가수에서 노래 잘하는 가수로 인식되기까지는 앞으로 더 많은 날들이 남아 있지 않은가.

빵은 누구나 일한 만큼 공평하게 가져갈 수 있다. 하지만 꿀은 누구에게나 주어지는 달콤함이 아니다. 열심히 최선을 다하고 성과를 낼 때 꿀도 얻을 수 있는 법. 가혹하게 들릴지 모르겠지만 월급은 한 달이 지나면 모두가 받을 수 있는 것이지만, 성과급은 성과를 낸 사람에게만 주어진다. 가수는 데뷔하면 활동할 수 있는 직업이지만 노래 잘하는 가수는 흔하게 들을 수 있는 수식어가 아니란 말씀.

〈불후의 명곡2〉가 자신에게 구세주이지 싶다는 지오, 그 노래로 누군가의 심장에 구세주가 되었으면 좋겠다. 더욱 자주 '노래 잘하는 가수' 지오의 노래를 듣게 되기를.

내가 아니어도
상관없는 존재는
되지 말자

KBS2
〈이야기쇼 두드림〉에서
배두나의 한마디

"연습으로 안 되는 일은 없다고 생각해요.
당장은 성과가 눈앞에 보이지 않을 수도 있지만
최선을 다한 노력은 거짓말을 하지 않으니까요."

근래 들어 수년째 마음에 담아 두고 있는 주제가 하나 있다. '괜찮은 사람은 어떤 사람인가' 하는 것. 그런데 얼마 전 tvN 〈현장 토크쇼 택시〉와 KBS2 〈이야기쇼 두드림〉을 보는 사이 슬며시 미소를 지을 수 있었다. 바로 배우 배두나가 내가 찾던 괜찮은 사람이지 싶어서.

그녀는 1999년 영화 〈링〉에 단역으로 출연하며 연기자로 데뷔했다. 당시 신인이었고 워낙 존재감이 미미한 단역이다 보니 무시와 설움이 좀 있었던 모양이다. 그때 받은 상처를 지금도 또렷이 기억하고 있기에 현장에서 단역 배우들이 소홀한 대접을 받으면 그냥 보고 지나치지를 못한다고. 그래서일까. 여기저기서 배두나에 대한 좋은 애기들이 들려온다.

그녀의 진가를 진작 알아본 거장 감독들도 있었다. 〈공기인형〉의 고레에다 히로카즈 감독은 〈고양이를 부탁해〉를 본 후 바로 캐스팅했고, 워쇼스키 형제와 톰 티크베어 감독도 〈공기인형〉, 〈복수는 나의 것〉을 보고 배두나라는 배우를 선택했다. 역시 거장들은 남다른 눈을 지닌 건가.

그녀의 진가를 알아본 건 감독들뿐만이 아니다. 상대 배우들도 그녀와 함께 출연했던 경험을 매우 귀하게 여기는 듯하다. 꽃미남

배우 강동원은 데뷔작 MBC 〈위풍당당 그녀〉로 만난 배두나를 그 렇게도 신뢰한다고.

배우 서지석을 직접 인터뷰한 적이 있었는데, 그때 가장 큰 영 향을 받은 연기자로 MBC 〈글로리아〉의 상대역 배두나를 꼽았다. 가장 큰 영향을 받은 연기자를 꼽으라면 대개 선생님 소리를 듣는 중견배우를 입에 올리기 마련인데 의외로 배두나라는 이름을 거 론하기에 살짝 놀랐다. 서지석은 배두나를 만나고서야 비로소 '상 대 배우와의 호흡이 이런 거구나, 상대 배우가 주는 걸 이렇게 받 아가며 연기하는 거구나' 하고 깨달았다고 한다. 그도 그 후로는 그녀에게 배운 대로 상대방이 좀 더 돋보이도록 노력을 하게 됐다 는데 함께 일하는 동안 비단 연기뿐만 아니라 여러 가지 배울 만 한 점들도 많았다고. 그러고 보니 서지석의 연기가 뭔가 달라졌던 게 그즈음이었던 것 같다.

✳ ✳ ✳

이처럼 사람은 둘로 나눌 수 있다. 배두나나 서지석같이 경험을 토대로 한 단계 한 단계 발전하는 사람이 있는가 하면, 좋은 경험 이든 나쁜 경험이든 그저 물 흘리듯 흘려보내고 마는 사람도 있다.

배두나는 영화 〈플란다스의 개〉를 비롯한 몇몇 작품이 흥행하지 못하면서 '흥행참패 배우'라는 오명을 뒤집어쓰기도 했다. 오죽하 면 영화 〈괴물〉 촬영 당시 흥행불안 요소인 배두나를 초반에 죽여야 한다는 의견이 등장할 정도였을까. 하지만 보란 듯이 1,380만 관객이라는 대기록을 이뤄냈다. 아마 여느 사람 같았으면 드디어 내가 해냈다며 맘껏 즐거워했을 것이다. 그러나 그녀는 소신껏 선택했고 열심히 연기했던 〈플란다스의 개〉가 생각나 펑펑 울었다고 한다. 상대적으로 느껴졌던 좌절감, 그게 뭔지 어렴풋이 알 것 같다.

하지만 남들이 실패라고 불렀던 노력들은 결코 헛된 시간이 아니었다. 흥행이 되지 않았던 작품들을 보고 그녀에게 반하는 감독들이 속속 나타나기 시작했으니까.

"연습으로 안 되는 일은 없다고 생각해요. 당장은 성과가 눈앞에 보이지 않을 수도 있지만 최선을 다한 노력은 거짓말을 하지 않으니까요."라고 말한 〈이야기쇼 두드림〉에서의 조언은 인상 깊었다. 같은 또래나 동생뻘의 나이 어린 친구들에게 도움될 이야기가 분명한 건 물론, 환갑을 향해 달려가는 나에게도 전달되는 울림이 컸다.

속마음을 내보어아 할 때는 되도록 메이크업을 하지 않는다는 얘기도, '작은 찬사에 동요되지 말고 큰 비난에 아파하지 말자'는 좌우명도 가슴을 파고들었다. 비난을 받아도 '아니야, 나 괜찮은 사람이야', 칭찬을 받아도 '아니 나 그 정도는 아닌데' 하며 스스로를 콘트롤한다는 그녀. 그런 냉정하면서도 유연한 대처능력은 우리 모두에게 필요한 자세가 아닐까.

그 나이에 어떻게 벌써 그런 생각을 할 수 있는지. 늘 느끼는 것이지만 괜찮은 사람은 거저 생겨나는 게 아니다. 그 뒤에는 언제나 괜찮은 가족들이 있기 마련이다. 배두나에게는 정말 괜찮은 부모님이 계셨던 것 같다. 배우의 길을 제시했고, 선택의 기로에 섰을 때 전폭적으로 힘을 실어주었고, 열등감이 배우의 적임을 알려준 어머니.

'배두나는 20년 나의 기획 상품'이니 믿고 써보라고 당당히 말씀하시는 어머니가 있었기에 스스로 늘 자신을 괜찮은 사람이라고 다독일 수 있었을 거다. 부모 된 사람으로서의 나, 내 아이들과 그 아이들의 아이들까지, 두루두루 생각해 보지 않을 수 없었다. 나 하나가 끼치는 영향이 얼마나 지대한지 그 한마디에 실감이 났다.

✳ ✳ ✳

영화 〈공기인형〉에서 배두나가 연기한 공기인형 노조미는 인형 제작소를 찾아갔다가 자신과 똑 닮은 수많은 인형들을 보고 절망한다.

"내가 아니어도 상관없는 존재가 되고 싶지 않다."

노조미의 생각은 세상 모든 사람들의 바람이다. 처음엔 같은 모양으로 태어났지만 얼마나 사랑을 받았느냐에 따라 인형의 모양새며 느낌이 달라지듯 사람도 마찬가지가 아니겠나.

젊디젊은 그녀가 던지는 명제는 분명하다. 우리 모두는 대체 불가능한 존재라는 것. 배두나도 대체가 불가능한 사람이지만, 우리 모두 각자 대체가 안 되는 유일한 존재라는 거. 그 사실을 깨닫게 해준 배두나, 참 괜찮은 사람이다.

쉽지 않지만
있는 그대로
받아들이기

신화 멤버
김동완의 한마디

"보통 사람으로 살아도 괜찮아요.
마치 거창한 꿈이 아니면
꿈이 아니라고 말하는 것 같은 태도는 불편해요."

인기 걸 그룹의 왕따설로 인해 방송가가 한동안 뒤숭숭했다. 나이 어린 여성들을 한데 모아 일정한 스케줄대로 기계처럼 움직이게 하는 게 어디 쉬운 일이겠나. 아마 다들 저마다 한 움큼씩의 시한폭탄을 안고 있었을 게다. 그런 의미에서 국내 최장수 아이돌(?) 그룹으로 불리는 신화는 멤버 교체 한 번 없이 14년을 이어왔다는 것만으로도 그 존재감이 남다른 그룹이다.

그들이라고 왜 그간 불화가, 반목과 갈등이 없었겠나. 여럿이 모이다 보면 어딜 가나 불평꾼 기질을 타고났거나, 지나치게 게으르거나 아니면 반대로 깔끔을 떨거나 하는 이들이 있기 마련이다. 더구나 숙식을 같이 하자면 끝없이 부딪칠 수밖에 없다. 개성이 다르고 각자의 목소리가 있는데 어찌 조용하길 바라겠는가. 내 속으로 낳은 자식들도 내 눈앞에서 싸울 때 둘이 서로 영판 다른 소리를 하는데.

JTBC 〈신화방송〉을 보고 있자니 그런 위기의 순간들을 신화 멤버들이 어떤 방식으로 극복해냈는지 해답이 보였다. 공기 좋고 물 좋은 농촌으로 자유와 휴식을 찾아 떠난 농촌채널 '신화가 떴다 & 전원의 신' 편은 제목대로 '패밀리가 떴다'와 드라마 〈전원일기〉를 섞어 만든 패러디 형식이었다.

‘패밀리가 떴다’처럼 살아서 팔딱이는 물고기를 손질하느라 수선깨나 떨겠거니 했더니만 이게 웬 일, 눈 하나 꿈쩍 안 하고 단칼에 처리한다. 게다가 요리 솜씨들도 다들 어지간한 수준이어서 기대 이상으로 한 상 차려내지 뭔가. 패러디이긴 해도 따라 하기에 급급한 게 아니라, 멤버들의 성향에 맞게 재구성한 점이 돋보였다.

SBS 〈실제상황 토요일〉 ‘리얼 로망스 연애편지’ 이후 6년이라는 긴 시간이 흘렀다. 신화의 풋풋함은 사라졌지만 대신 넉넉한 여유로움이 그 자리를 채우고 있었다.

신화의 장수 비결을 논할 때 리더의 자질을 우선으로 꼽곤 한다. 그간 여러 토크쇼를 통해 이런저런 악재가 닥쳤을 때마다 리더 에릭이 기지와 카리스마를 발휘해 팀의 와해를 막아왔다고 알려진 바 있다. 그런데 방송을 쭉 지켜보는 동안 또래지만 리더의 말을 믿고 잘 따라준 중간 멤버들의 공도 만만치 않다는 사실을 눈치 챌 수 있었다. 특히나 철이 들지 않은 것 같지만 철이 든, 웃기지 않는 것 같지만 누구보다 웃긴 김동완의 역할을 결코 간과해서는 안 되지 싶다.

✳ ✳ ✳

신화가 ‘T.O.P’로 활동하던 1999년의 일이다. 또 비슷비슷한 아이돌이 나왔다 보다 하고 채널을 돌리려다가 인터뷰 내용이 참신하고 재기발랄하기에 유심히 지켜봤다. 판에 박힌 듯 앵무새 같은 답을 하는 여느 아이돌과는 사뭇 다른 느낌으로 기억된다. 그때 신인답지 않은 패기로 인터뷰를 주도한 멤버가 김동완이었다. 그 이후에 신혜성이나 에릭이 번지점프를 하는 모습이 눈에 들어왔고, 차차 남다른 매력이 있는 그룹이라는 생각을 하게 된 것. 그런데 나는 꽤 오랫동안 김동완이 신화의 리더인 줄 알고 있었다. 막후형 리더가 따로 존재한다는 걸 알게 된 건 세월이 한참 흐른 뒤였지만.

그때부터였을까. 아님 토크쇼 열풍이 불 때부터였을까. 언제부터인지는 모르지만 '김동완 어록'이라는 게 인터넷 상에서 종종 회자되곤 했다. 팬들에게 했던 "신화는 여러분 인생을 책임져 주지 않습니다."란 말은 전설처럼 전해진다.

"보통 사람으로 살아도 괜찮아요. 마치 거창한 꿈이 아니면 꿈이 아니라고 말하는 것 같은 태도는 불편해요."라는 말도 기억에 남는다. 최고가 아니더라도 각자의 존재 의미는 다 있는 법이라는 소리로 들려 고개를 끄덕였다.

그러고 보니 토크쇼에서 언제나 에릭의 책임감과 리더십을 재확인시켜주는 멤버가 김동완이었던 것 같다. MBC 드라마 〈불새〉로 최고의 인기를 구가하던 에릭이 거액의 스카우트 제의를 마다하고 모든 멤버가 함께 움직이는 길을 기꺼이 택해줬다고 증언한 것도 바로 김동완이었으니까.

빼어난 리더십도 중요하지만 동료의 미덕을 이처럼 진심으로 자랑스러워하고 인정해 주는 것도 장수의 비결 중 하나가 아닐까? 슬플 때 함께 슬퍼해 주는 것보다 기쁨을 함께 누리는 것이 실제로 더 어려운 법이니까.

〈신화방송〉이 진행되는 매 회마다 못 웃긴다, 게임을 못 한다, 그래서 구멍이다 등 놀림을 당하곤 하지만 그다지 노여운 기색 없이 언제나 멤버들을 배려하고 챙기는 속 깊은 김동완. MBC 광복절 특집극 〈절정〉에서 이육사 역을 맡아 연기력까지 검증받았다.

당시 가수 출신답지 않은 연기라며 칭찬들을 했지만, 사실 KBS 〈천국의 아이들〉로 연기를 시작한 이래 한 번도 어설픈 연기를 보여준 적이 없었다. 몇몇 주연 작품들도 시청률은 그리 좋지 않았지만 그의 연기만큼은 나무랄 데가 없었다고 본다.

팀 내에서는 눈에 보이지 않게 멤버들의 화합을 돕고, 개인으로서는 자신의 활동을 묵묵하게 잘해나가니 팀 전체의 버팀목이 될 수 있었으리라.

시간이 많이 흘러 예전에 활동했던 팀들이 방송에 나와 화려했던 지난 시절을 추억하곤 한다. 그때마다 해체 과정에 대한 이야기들이 빼놓지 않고 등장하는데 '그럴 수밖에 없었겠구나' 하고 공감이 갈 때도 있지만 조금씩 양보하고 상대방을 배려하는 마음을 잃지 않았다면 굳이 해체까지 갔을까 싶을 때가 더 많다.

멋진 사람의 자격을 논한다면 나는 단연코 남을 배려할 줄 아는 사람을 꼽는다. 그러나 자기 일에 최선을 다하지 않는 사람이 남을 배려하고 챙긴다면 오지랖이라는 소리를 듣기 십상이 아니겠나. 자기 일을 열심히 하면 성과가 따르고, 성과를 몸소 보여준 사람이 타인까지 배려하면 그보다 더 멋져 보일 수가 없다.

가수로서나 연기자로서나 자기 일을 온전히 자기 것으로 만들 줄 아는 김동완. 그리고 혼자만 돋보이려는 것이 아니라 다른 멤버의 장점을 인정하고 짚어주는 멤버들이 있어 신화가 더 멋져 보인다. 14년 동안 한 팀으로 일하면서 각자의 개성을 인정하고 보듬게 된 이들이야말로 아이돌계의 롤 모델이지 않을까.

당신은 왜
힘들지 않아야 한다고
생각하십니까?

"러시아 유학 당시 교수님께 물었어요.
'선생님, 전 왜 이렇게 힘든가요?'
선생님이 답 대신 철학자가 쓴 시집 한 권을 주시면서 공부해 오라고 하셨어요.
그 러시아 시의 내용인즉
'당신의 인생이 왜 힘들지 않아야 된다고 생각하십니까?'라는 말이었어요.
전 깜짝 놀랐어요.
지금까지 그런 말을 들어본 적이 없어요."

무릇 청년 실업 백만 시대다. 주부가 장바구니로 체감하는 물가 오름세가 놀랍다 못해 섬뜩할 지경이니 부모님에게 이런저런 아쉬운 소리 해가며 돈을 타 써야 하는 청년들의 고단함은 오죽할까.

시간이 갈수록 나아지기는커녕 여기저기서 청년들의 한숨소리는 깊어만 간다. 내 꿈은 무엇인가? 내 꿈은 과연 실현될 수 있을 것인가? 내 인생은 왜 이리도 힘겨운 것인가? 혼돈의 이 시대를 사는 청춘들치고 이런 질문을 자신에게 안 던져 본 사람이 있을까.

지푸라기 하나라도 잡는 심정으로 '자기계발서'들을 뒤적여 봐도 인생은 어차피 누구에게나 숙제라느니, 인생은 무슨 사건이 벌어졌냐에 달린 것이 아니라 벌어진 사건에 어떻게 대처하냐에 달려 있다느니 하는 소리를 늘어놓을 뿐이다. 듣기에는 그럴 듯하지만 뜬구름을 잡는 소리기는 마찬가지라는 생각이 들 법도 하다.

tvN 〈스타 특강SHOW〉와 KBS2 〈이야기쇼 두드림〉 같은 프로그램은 아쉬우나마 그런 문제를 해결하기 위한 퍼즐 한 조각을 전해 주려 애쓰는 것 같아 반갑다. 누구라도 세상을 살아가는 자신만의 팁 하나쯤은 있는 법. 고난을 극복해낸 스타를 초대해 인생이라는 엉킨 실타래의 실마리를 찾아보는 프로그램들이다. 스타의 생생한 경험담을 듣는다고 당장의 난제들이 시원스레 해결될 리는 없지만 그래도 갈증 해소는 좀 되지 싶다.

✱ ✱ ✱

그중 〈스타 특강SHOW〉에 박신양이 나와서 '당신의 인생이 왜 힘들지 않아야 된다고 생각하십니까?' 하고 던진 질문은 특히 나에게도 큰 자극이 되었다. 요즘처럼 어려운 시기에는 누구나 서로 격려해 주기를 마다 않는다. 만사형통하세요, 잘될 거예요, 꿈은 이루어진다잖아요 등등. 아, 세상사 모든 일이 두루두루 바라는 대로 잘 풀려가면 좋겠건만 그럴 리가 없지 않는가. 한낱 바람일 뿐. 하지만 박신양은 그런 덕담보다는 힘든 것도 받아들일 줄 알아야 한다고 말한다.

"우리 인생은 늘 행복하고 힘들지 않아야 된다는 생각이 언제부턴가 있었죠. 힘들면 우리 인생이 아닌가요? 그런데 생각해 봤어요. 힘들 때와 힘들지 않을 때가 얼마만큼씩 있지? 생각해 보면 즐거울 때보다 힘들 때가 좀 더 많은 게 인생인 것 같아요. 그렇다면 그 힘든 시간들을 사랑하지 않으면 나는 나의 인생을 사랑하지 않는다는 뜻이 돼요."

이 말은 행복한 시간이 내 것이듯, 힘겨운 시간들 또한 내 것임을 받아들이라는 뜻이다. 그 시간들을 죄다 부정한다면 인생의 반 이상을 고스란히 흘려버리는 게 아니겠나. 힘든 나날을 사랑까지

60

는 못할지언정 긍정적으로 바라본다면 나름의 돌파구도 보일 것이다.

'공부의 신' 강성태가 〈이야기쇼 두드림〉에서 어머님에 관한 일화를 들려줬을 때 경험에서 나오는 긍정의 힘이 바로 그런 게 아닌가 생각했다. 기대 이하의 성적표를 들고 갔을 때 그의 어머니는 실망을 하기보다는 이런 말로 그를 격려했다고 한다. 훗날 '그렇게 공부 잘한다는 강성태도 이리 형편없는 성적을 받은 적이 있구나' 하며 위로받는, 용기를 얻는 사람들이 생길 것이라고.

그 소리에 어찌나 낯이 뜨겁던지. 만약 내 아이였다면? 아마 나는 세상이 무너지기라도 한 듯이 소란을 피우고도 남았을 게다. 강성태가 '공부의 신'이라는 소리를 듣기까지는 끊임없는 자신의 노력도 있었겠지만 어머니가 물려주신 긍정의 힘이 든든하게 뒤를 받치고 있었던 것이 분명하다.

믿었던 이의 등을 봐야 한다거나, 다른 사람 때문에 터무니없이 인생의 진로가 바뀐다거나, 예측하지 못했던 고난이 닥칠 때가 있을 게다. 하지만 걱정할 필요가 없다. 이 위기를 잘 넘기고 나면 좀 더 나은 미래가 반드시 올 것이라는 긍정의 마음가짐만 있으면 말이다.

'나는 왜 이리 유난히 힘든가?'라는 생각이 든다면 TV를 켜보자. 어쩌면 무수한 긍정의 경험담을 들려주는 TV 안에서 그 질문의 해답을 찾을 수 있을지도 모른다.

이 말에
내 마음
움직였어

Surprise Talk

김장훈 • 이상우 • 안내상 • 우현 • 전유성 • 김희철
정은표 • 김하얀 • 장윤주 • 박경림 • 김영철 • 김제동
이특 • 박인영 • 박유환 • 임예진 • 남자의 자격

당신에게는
김장훈 같은
친구가 있습니까

MBC
〈유재석 김원희의
놀러와〉에서
싸이의 한마디

"제가 재판을 하게 됐잖아요.
벨이 울리기에 문을 열고 나가보니 장훈이 형이더라고요.
감동이죠. 그런 시기에는 사람들이 옆에 오기도 두려워해요.
옆에 있어도 욕을 먹으니까. 그런데 장훈이 형이 그러시는 거예요.
당시에는 매정하게 들렸는데 '재판이고 뭐고 그만하고 빨리 가.
빨리 다시 군대 가고, 갔다가 빨리 나와서 다시 무대에 서.
오버하지 말고 빨리 가', 그 말을 듣고 결심했죠."

싸이는 김장훈이 어떤 사람이냐는 질문을 많이 받는다고 했다. 왜 기부를 하냐, 왜 그런 바지를 입느냐 등등 여러 가지를 물어보는데, 그러면 대답을 하다하다 한마디로 요약해 준다고 한다. 김장훈이란 사람은 기인도 아니고, 호인은 더더욱 아니고 의인이라고, 그는 의로운 사람이라고.

논산 훈련소를 두 번이나 가야 했던 싸이. MBC 〈유재석 김원희의 놀러와〉를 통해 듣자니 위기의 순간, 군대 문제로 재판을 받게 되었을 때 김장훈이 갑자기 그의 집을 방문한 모양이다. 그러고는 재판이고 뭐고 다 집어치고 빨리 군대 갔다 와서 다시 활동하라고 했단다. 아무리 친하다 해도 선뜻 내놓기 어려운 '당장 다시 입대하라'라는 조언을 김장훈이 나서서 해줬고, 냉정하지만 뼈저리게 와닿은 그 충고에 마음이 정리되어 바로 입대할 수 있었다고 한다.

대중의 날선 관심에서 한순간도 벗어나기 어려운 연예인들. 조금이라도 불미스러운 일이 생기면 친한 사이든 이름만 아는 사이든 서로 불편해질 수밖에 없다. 다른 문제도 아니고 대한민국 연예계에서 군대 문제로 재판까지 가게 되었는데 누가 선뜻 그 곁에 서겠는가.

싸이가 재판을 계속하며 시간을 끌었다면, 만에 하나 법적으로 문제가 없다는 판결을 받아냈다면, 과연 지금처럼 다시 박수를 받으며 무대에 오를 수 있었을까? 인간 박재상으로서는 무탈하니 잘 살 수 있었을지 모르겠으나 아마 연예인으로서의 생명은 그 시점에서 막을 내렸다고 봐야 옳을 것이다. 〈강남스타일〉로 당당히 글로벌 스타에 오른 요즘을 생각하면 아찔한 일이 아닐 수 없다.

다행히 김장훈이 바른 길을 알려줬고, 또 그 조언을 믿고 즉시 따랐기에 대중 앞에 다시 설 수 있었던 게 아닌가. 사람은 이처럼 죽는 날까지 평생 올바른 길을 알려줄, 신뢰할 수 있는 조언자가 반드시 필요하다. 특히나 갈팡질팡 심신을 수습하기 어려운 위기가 닥쳤을 때엔.

지금까지 참으로 많은 스타들이 이런저런 사건사고에 휘말려 한순간에 빛을 잃었다. 그러나 얼마 안 있어 복귀에 성공하는 이들이 있는가 하면, 대중 앞에 영영 다시 서지 못하는 이들도 있다. 같은 죄로 도마에 올랐건만 누군 쉽게 용서 받고 누군 평생을 얼굴을 못 들고 살아야 하니 후자로서는 벙어리 냉가슴이라도 앓는 양 답답할밖에.

각기 사안도, 연유도 다양하겠으나 대처 방안이 얼마나 현명했는가에 따라 복귀 시점이 달라지는 건 당연한 일이다. 어찌 보면 사과보다 더 중요한 건 거짓말을 했냐, 안 했냐다. 물론 진심이 담겨 있는지가 관건이겠지만 순순히 자백하고 사과하면 이내 화를 가라앉히고 용서를 해주는 것, 그게 바로 우리네 정서다. 미련하게 시간이 약이겠거니, 차차 비난이 잦아들겠거니 하고 시간을 끈다거나 결정적으로 섣불리 거짓말을 내뱉었다가는 돌이킬 수 없는 나락으로 떨어질밖에.

일례로 2005년 음주 운전으로 법의 처벌을 받은 바 있는 아이돌 그룹 '클릭비' 멤버 김상혁은 사건 초기에 흘린 '술은 마셨지만 음주 운전은 아니다'라는 어불성설의 발언으로 미운털이 박혀 지금껏 제대로 된 활동을 하지 못하고 있다. 그새 복귀를 위한 움직임이 몇 차례 있긴 했으나 기사가 보도되기라도 하면 비난이 빗발쳐 결국엔 출연이 무산되곤 했으니까. 모 여자 연기자의 경우 음주운전으로 법의 처벌을 받았으나 자숙의 시간도 없이 드라마에 바로 얼굴을 내밀은 마당에 앞날 창창한 청년이 햇수로 8년이라는 세월을 거짓말 하나 때문에 흘려보내야 했으니 내심 억울하기도 할 것 같다.

엠씨몽도 마찬가지다. 우리나라 남자 중에 군대에 가고 싶어 가는 사람이 얼마나 되겠나. 면제를 받고자 노력했다는 게 불을 보듯 분명하건만 가고 싶어도 못 가는 처지라며 극구 부인하고 나섰기에 무죄 판결을 받았음에도 대중의 분노를 가라앉히기에 실패한 것이 아닌가. 그가 과연 복귀할 수 있을지. 군대 문제와 거짓말, 가장 예민한 두 가지 사안이 모두 걸려 있는지라 섣불리 희망을 점칠 수도 없는 노릇이다.

잘못은, 실수는 누구나 할 수 있다. 그리고 위기 또한 살다보면 누구에게나 닥친다. 만약 김상혁과 엠씨몽, 이들에게도 김장훈 같은 올바른 길을 알려줄, 믿음이 가는 조언자가 곁에 있었다면 지금과는 다른 길이 열리지 않았을까 싶어 못내 안타깝다.

❋ ❋ ❋

　군대나 취업 같은 아주 큰 문제가 아니라도 작은 문제에서라도 나는 누군가의 진심 어린 조언 상대가 될 수 있을지 생각해 보게 된다. 말이라는 게 일단 한 번 하고 나면 주워 담을 수 없다는 걸 나이를 먹어가며 점점 더 뼈저리게 느끼게 된 지라 입 밖으로 내뱉는 말보다 속으로 삼키는 말이 더 많아지는 요즈음이다. 하지만 결국 최종 선택은 언제나 자기 자신의 몫이 아닌가. 조언을 구할 때 도움이 못 될 것을 염려하여, 혹은 나의 조언대로 결정하지 않을 것을 염려하여 못 본 척 지나가고 가까이 가지 않는 건 비겁하다는 생각이 든다.

　유달리 김장훈을 믿고 따르는 동료 연예인들이 많은 이유는 뭘까? 아마도 싸이에게 했다는 스스럼없는 조언처럼 옳다고 생각하는 방향에 대해 이야기해 줄 수 있는 진심 어린 마음이 있어서가 아니겠는가. '에고, 이리 되든 저리 되든 지가 알아서 할 일이지.'라고 생각하고 외면하면 세상 사는 게 쉽기는 할 것이다. 적도 많이 생기지 않을 것이고. 하지만 그 방식이 친구를 오래도록 곁에 두게 해주지는 않는다.

진정으로 속 깊은 관계를 원한다면 김장훈 같은 친구가 되어보는 건 어떨까. 기실 제목은 '당신에게는 김장훈 같은 친구가 있습니까'지만 묻고 싶은 말은 이것일지도 모르겠다. "당신은 김장훈 같은 친구입니까?"

흥행의 비결,
조연에게 물어보라

"아저씨는 누구세요?"
"이서연 사촌오빠. 장재민."

이 말에 내 마음 움직였어

비록 스포트라이트를 받는 주인공은 아니지만 드라마를 보는 재미를 더해주는 인물들이 있다. 바로 조연 연기자들인데, 출연 비중이 작고 주로 주인공의 목표 성취를 돕는 역할이지만 때로는 뛰어난 그들의 연기가 작품을 살리는 경우가 많다. 어쩌면 드라마 인기의 열쇠는 주인공이 아니라 조연들이 쥐고 있는지도 모른다. 공감이 가는, 친근하게 느껴지는 조연들을 얼마나 적재적소에 잘 배치했느냐에 따라 작품의 성패가 좌우되곤 한다.

그러나 흔히 조연이라 하면 '선생님' 급의 중견이나 개성 있는 성격파 연기자를 떠올리기 마련이다. 이는 외모가 출중한 젊은 축들은 대부분 무턱대고 주연만을 고집한다거나 주로 '발연기' 담당이기 때문이 아닐는지. 빼어난 외모 덕에, 그것도 주연급에 캐스팅되는 영광을 누렸으나 형편없는 연기로 극의 흐름을 망쳐 놓는 연기자들을 그간 우리는 얼마나 많이 봐왔는가.

그런데 근래에 눈에 띄는 조연이 하나 있었다. 다른 이들은 개성 있는 외모와 발군의 연기력으로 일찌감치 미친 존재감이라는 수식어로 조연 자리를 꿰찬 경우지만 이 배우는 달랐다. 바로 SBS 〈천일의 약속〉에서 장재민 역을 했던 이상우다.

서연(수애 분)이가 물끄러미 재민(이상우 분)을 바라본다.

"아저씨는 누구세요?" 재민이가 답한다.

"이서연 사촌오빠. 장재민."

그의 마지막 대사다. 재민은 처음부터 끝까지 서연의 사촌오빠일 뿐이었다. 회사에서 일하는 장면이 가끔 나오긴 했지만 별 다른 사생활도 없었다. 그럼에도 '사촌오빠 신드롬'을 몰고 올 정도로 존재감이 컸고 마치 실제 인물처럼 다가오는 자연스러움이 있었다.

그러나 TV 드라마 역사상 최초의 동성애 커플로 등장했던 SBS 드라마 〈인생은 아름다워〉 때만 해도 김수현 작가로부터 연기 지적을 받는 장면이 공개되면서 사람들의 입방아에 오르기도 했다. 그 후 얼마나 절치부심 노력했던지 〈천일의 약속〉이 시작되고 나서는 젊은 연기자 중 가장 안정된 연기라는 평가가 이어졌다.

그의 흠잡을 곳 없는 외모가 줄곧 주연으로 인식하게 만든 게 흠이라면 흠이었다. 드라마가 끝날 즈음까지도 왠지 숨겨놓은 러브라인이나 과거사가 등장할 것 같았는데 끝까지 사촌오빠로 남았다.

왜 그가 그 역할을 택했는지에 대해서는 아는 바가 없지만 그의 선택에 절대적인 지지를 보내고 싶다. 주연급임에도 조연을 감히 택하고, 주연보다 더 깊은 내공을 보여준 그의 행보에 감탄할 수밖에 없다. 소위 말하는 '급'과 '이미지'에 적합한가를 속으로 천 번도 더 헤아려 봤을 텐데 그럼에도 주연보다 더 빛나는 연기를 펼쳐 보이는 게 쉽지 않은 일이다.

✳ ✳ ✳

인기나 흥행은 연예인이 아니어도 누구에게나 필요한 요소이다. 사적으로든 공적으로든 자신과 관계된 사람의 좋은 평가는 삶을 살아가는 훌륭한 자산이다. 그런데 우리가 착각하는 것 가운데 하나가 자신이 주인공이어야 제대로 평가받는다고 느끼는 것이다.

꼭 그래야 하는 걸까? 내가 가장 중요한 사람이고 최고인 사람이어야 하는 걸까? 그렇게 자신을 인정할 수 있는 사람은 많지 않다. 하지만 우리의 행동은 그런 대접을 원하는 사람 같다.

조연, 도와주는 사람으로서의 자세는 자신이 중심이동을 하지 않아도 중심이 자신에게로 이동하게 만든다. 연기자 가운데 긍정적인 평가를 받으며 언론에 오르내린 사람은 오히려 주연보다는 조연 가운데 더 많지 않은가.

자신의 인생에서 주인공이 되고자 하는 사람들은 주어진 역할이 조연이냐 주연이냐를 신경 쓰는 게 아니라 연기력을 신경 쓴다. 즉 내가 친구에게 어떤 존재인지, 내가 회사에서 어떤 존재인지 그걸 신경 쓰는 게 아니라 내가 할 수 있는 게 무엇인지 더 신경을 쓰고 힘을 쓴다. 자기 인생의 흥행의 비결은 딴 데 있는 게 아니다. 지금 있는 곳에서 최선을 다하는 것일 뿐.

사람 냄새 나는
우정

KBS2
〈승승장구〉에서
안내상의 한마디

"인생에 있어 여러모로 큰 도움을 준 친구가 우현입니다.
어려울 때 옆에 있어주는 사람만큼 소중한 사람은 없겠죠.
경제적으로 정말 어렵고 힘들어서 매일 울던 시절이 있었어요.
어지간하면 누군가에게 손을 못 벌리는 제가 어쩔 수 없이 망설이다가
이 친구에게 얘길했어요.
천만 원을 빌려 달라 했더니 그거 가지고 되겠냐며
선뜻 이천만 원을 빌려주더라고요.
받을 생각 안 하고 그냥 준 거죠.
어렵고 힘들 때 곁에 있어준 친구가 있어 행복합니다.
이 친구를 만나서 덕분에 잘 살았어요."

이 말에 내 마음 움직였어

안내상은 본래의 품성을 가늠하기 어려운 연기자다. 일찍이 이보다 한심한 인간일 수는 없지 싶은 SBS 〈조강지처 클럽〉의 한원수와 KBS2 〈한성별곡-正〉의 고뇌에 찬 개혁군주 정조를 비슷한 시기에 연기했다.

그런가 하면, KBS2 〈수상한 삼형제〉의 무능한 맏아들 김건강 역에 이어 KBS2 〈성균관 스캔들〉의 의식 있는 스승 정약용 또한 몰입도 있게 잘 그려내었다. 어디 그뿐인가. MBC 〈하이킥! 짧은 다리의 역습〉에서는 찌질한 가장 역으로 많은 이들의 미움을 샀다.

맡는 역할마다 성격이 하도 극과 극을 달리며 널을 뛰는지라 실제로 본인은 어느 쪽에 더 가까운 사람일지, 그게 늘 궁금했다. 더구나 몇몇 인터뷰를 통해 순수하게 목회자의 길을 걷고자 신학대에 진학했다는 사실이며 당시 학생운동에 참여해 잠시 복역한 이력까지 접하고 나니 점점 더 오리무중일밖에.

이런 이력과 〈조강지처 클럽〉에서 아내 나화신(오현경 분)과 바깥 여자 모지란(김희정 분) 사이를 오락가락하며 별의별 진상을 다 피우던 한원수는 도무지 일치되는 부분이 없었으니까.

그래서 MBC 드라마 〈로열 패밀리〉 홍보 차 출연한 〈놀러와〉 때나 tvN 〈택시〉에 올랐을 때에 매의 눈으로 예의 주시했다. 물론 극

중 정조나 정약용에 필적할 참된 어른으로서의 면모를 발견할 수 있길 기대했던 것이다. 하지만 〈놀러와〉 때는 다른 출연자들에 비해 말수가 현저히 적었고, 〈택시〉의 경우 탑승 시간이 반 회 분에 불과해 소득이 그다지 없었다.

그런데 초대 손님으로 하여금 스스로 입을 열게 만드는 KBS2 〈승승장구〉에서는 역시나 180도 달라진 모습으로 다양한 면면을 보였다. 찌질한 한원수 역할을 어떻게 그렇게 잘 해냈냐는 질문에 "제가 원래 어릴 적부터 찌질하게 살았어요. 원래 찌질합니다."라고 말하는 당당함, 감옥살이라는 암울한 상황조차 긍정적으로 받아들이는 모습 등 그의 매력은 끝이 없었다.

아버지가 7형제인 관계로 30명에 가까운 사촌들이 모두 '상'자 돌림을 따라야 했기에 '외상', '진상', '화상' 등 어지간한 '상'은 다 존재한다는 집안 내력이며, 영화 〈친구〉가 오버랩 될 정도로 파란만장했던 학창시절. 세상에 아버지가 나 외에 어찌 존재할 수 있느냐로 시작됐다는 부친과의 엄청난 신앙적(?) 갈등, 교회에서 만난 한 소녀로 인해 개과천선한 얘기 등을 풀어냈다.

그리고 그 모든 일들이 모두 초등학교 4학년 즈음에 일어났다는 놀라운 사실까지 덧붙여 참으로 풍성한 이야깃거리가 있는 시간들이었다.

하지만 뭐니 뭐니 해도 가장 인상 깊었던 건 몰래온 손님, 연기자 우현과의 28년간의 깊고 진한 우정을 말하는 대목이었다. 학생운동을 함께한 격동의 시간들이며 앞뒤로 주거니 받거니 한 옥살이 등 절묘한 평행이론도 흥미로웠지만 재미와 웃음 뒤에 있는 끈끈한 진심은 보는 내내 미소를 짓게 했다.

어렵게 돈 얘기를 꺼낸 친구의 심경과 처지를 헤아려 오히려 더 많은 액수를 건넨 우현은 애당초 돈을 되돌려 받겠다, 안 받겠다는 개념조차 없었단다.

물론 형편이 좋아진 후에 돈을 갚았기에 해피엔딩인 건지는 모르겠으나 '친구 사이일수록 절대 돈거래는 하지 말라'는 조언을 귀에 딱지가 앉도록 듣고 사는 요즘 세상에 가슴이 뭉클해지는 일화가 아닐 수 없다.

진짜 행복해지고 싶어서, 웃고 싶어서 연기를 시작했다는 안내상과 친구 따라 강남 간다고 엉겁결에 연기자의 길로 들어섰다는 우현의 사람 냄새 나는 우정이 진정 부럽다.

빌려주고 안 빌려주고, 받고 안 받고를 떠나 가족에게도 말하기 싫은 돈 문제를 꺼낼 수 있을 정도의 가까움을 누구에게 느낄 수 있을까. 친구가 하는 일이 좋아 보여서 그다음은 생각 안하고 나도 그 일을 해보고 싶다고 말할 정도로 가까운 친구는 누구일까.

한 직장에서 동료로 만나 수십 년을 같이 지내도 승진이나 스카우트를 앞에 두고는 언제 봤냐는 듯 등을 지는 경우가 부지기수다. 투자랍시고 주식이나 부동산을 권했다가 서로 얼굴 붉히는 경우는 또 얼마나 흔한가.

계산하지 않는 내 친구의 집은 어디인가. 나는 그런 친구가 될 수 있을까? 어쩐지 잠을 이룰 수 없는 밤이었다.

이 말에 내 마음 움직였어

멘토가 아닌
친구로 남아줄 사람

"제가 개그맨 중에 제일 선배잖아요.
제일 윗사람이 이제 시작하겠다는 애들한테 돈을 받아가면서
교육을 시킨다는 건, 저는 좀 이상하다고 생각해요.
당연히 무료로 가르쳐야 된다고 생각하죠.
우리가 뽑는 기간 중에 하고 싶은 사람 선착순으로 오라고 합니다.
오디션 없어요. 관두는 건 어쩔 수 없어요.
남아 있는 사람들은 끝까지 가자고 생각하죠."

기인으로 놀리지만 그보다는 '한 발짝 앞서가는 남다른 이'라 칭해야 옳을 개그맨 전유성이 경북 청도 사저에서 후배들을 가르치고 있다고 한다. 따르는 후배들이 많다는 사실이야 이미 널리 알려져 있지만, 숙식 제공의 교육 일체를 자비로 충당하고 있다는 얘기는 〈승승장구〉를 통해 처음 접했다. 윗사람으로서의 당연한 도리라는 그의 말에 가슴 뜨끔할 어르신들 많지 싶었다. 연장자라고, 뭘 좀 더 안다고 음으로 양으로 어른, 스승, 선배 대접이나 받으려 했던 이들이 솔직히 얼마나 많겠나.

그런 이들과는 달리 전유성은 내내 현장에서 아이디어 뱅크 역할은 물론 대본 작업이며 스크립터까지, 오랜 세월 발로 함께 뛰어온 터라 후배들이 얼마나 열악한 상황에 처해 있는지 너무나도 잘 알고 있었다. 하나하나 제대로 이끌어줄 선배의 필요성 또한 잘 알고 있기에 치열한 오디션이 아닌 선착순으로 뽑아 가르치고 있는 것일 게다.

더구나 세상이 온통 오디션 열풍이다 보니 당도한 차례대로 가르친다는 선발 기준이 남달리 따뜻하게 다가왔다. 특히 남아 있기만 한다면 끝까지 손을 놓지 않겠다는 스승으로서의 자세에서 이름만, 연차만 윗사람이 아닌 제대로 된 어른의 풍모까지 느껴졌다.

이 말에 내 마음 움직였어

***

　재미있는 건 그의 여러 제자 중 자칭 '우주 대스타' 슈퍼주니어의 김희철이 이름을 올려놓았다는 거다. 아이돌 멤버 김희철을 MC로 양성하고자 원조 개그맨 전유성에게 지도를 맡긴 이수만의 혜안도 감탄할 만하고, 아이돌에 대한 편견 없이 기꺼이 제자로 받아들인 전유성의 포용력도 반갑기 그지없었다.

　무료로 후배들을 가르쳐온 그이지만 SM엔터테인먼트는 고마움의 표시로 응분의 수업료를 전달했는데, 그 액수가 너무 과해서 반은 돌려줬다는 대목에서는 고개를 끄덕이게 되었다. 받지 않을 곳과 받을 곳을 가릴 줄 아는 전유성의 자세 역시 타의 귀감이 될 덕목이다.

　'몰래 온 손님'으로 깜짝 등장한 김희철은 마치 물을 만난 물고기 같았다. 여느 아이돌과는 차별되는, 자타가 공인한 예능감을 지닌 김희철이지만 이날따라 유달리 자신감을 보였다. 늘 남을 받쳐주는 역할을 자처해 온 스승 곁이기 때문일 수도 있고, 항상 초대 손님에게 초점을 맞추는 〈승승장구〉 MC들 덕일 수도 있다.

　평소 전유성이 후배들에게 강조한다는 "MC는 게스트를 끌어줘야지 혼자 뭐든지 다하는 건 원맨쇼일 뿐이다. 자신의 말이 한마디도 안 나오더라도 방송이 잘 나오면 성공한 MC다."라는 부분을 이미 실천하고 있는 〈승승장구〉니까.

이참에 김희철의 남다른 예능감에 대해 좀 더 얘기를 해보자. 빛을 못 보고 종영한 예능 프로그램 중에 MBC 〈추억이 빛나는 밤에〉가 있었다. 이를 보는 유일한 재미가 김희철이 맡은 초대 손님 프로필 소개였다. 아직 이십 대이고 더욱이 아이돌임에도 가요를 비롯한 추억 속 문화에 대한 감각이 예사롭지 않았다.

김구라, 윤종신, 김국진이 버티고 있어 보이지 않는 화살이 난무하는 MBC 〈황금어장〉 '라디오 스타'에서 겉돌지 않고 버틸 수 있었던 가장 큰 이유도 다양한 세대를 아우르는 풍부한 감성 때문이었다. 그 수려한 외모 뒤에 숨겨진 구성진 감각의 출처가 늘 궁금했는데 그제야 수수께끼가 풀리는 기분이었다.

나이가 친구를 만드는 게 아니고 얘기가 통하면 친구가 된다는 생각으로 나이 어린 이들과도 격의 없이 지낸다는 전유성 덕에 김희철의 내면이 더욱 알차고 단단해졌지 싶다.

✱ ✱ ✱

열풍처럼 불어 닥쳐 강한 존재감을 발휘하고 있는 멘토라는 단어. 참 좋은 말이고 필요한 존재이기는 한데 멘토 만들기가 어디 그리 쉬운 일이던가. 멘토가 되려면 본보기도 보여야 하고 멘티가 곤경에 처했을 때 지지와 도움을 줄 수 있는 능력도 있어야 하니 여러모로 부담스러울 수밖에 없다. 멘티로 받아들일 만큼 합슴이 맞는 어린 친구를 만나기도 상당히 어렵다.

이 말에 내 마음 움직였어

멘티 입장에서도 마찬가지이다. 멘토 앞에 서면 어렵고, 뭔가 기가 눌리는 것 같고, 잘못하면 야단맞을 것 같아 마치 초등학교 시절 교실 안에 앉아 있는 느낌마저 들지 않던가.

그런 의미에서 보면 멘토와 멘티 관계가 어떤 사람들에게는 불편한 관계일 수도 있다. 헌데 이 둘, 전유성과 김희철을 보고 나니 무릎을 탁 치게 됐다. 이 둘의 관계야말로 어쩌면 멘토와 멘티보다는 편하고 친구 사이보다는 좀 격이 있는, 아랫사람 입장에서는 더 필요한 관계가 아닐까 하는 생각이 들었다. 친구로 삼되 존경과 예를 갖추고 어려움을 토로하고 진심으로 걱정할 수도 있는 이가 곁에 있으면 얼마나 든든하겠는가.

윗사람 입장에서도 아랫사람과 자주 어울리고 그들의 고민을 같이 듣고 아이디어를 함께 생각해 보는 것 자체가 큰 자산이 될 수 있다. '젊은 피 수혈'이라는 문구가 농담일 수만은 없는 게 나이가 들수록 새로운 문화를 접할 기회가 줄어들고 자신이 해왔던 것만을 고집하게 된다. 때문에 나보다 어린 친구가 생기면 다음 세대와 문화로의 교각이 생기는 효과를 거둘 수 있다. 쉽게 말하면 엄마가 아들에게 휴대전화 문자를 배우는 것 같은 효과가 생기는 거다.

전유성 입장에서는 김희철이라는 젊은 친구를 통해 아이돌의 생각과 태도 같은 것을 알 수 있었을 테고, 신선한 아이디어도 더 많이 떠올랐을 거다. 마치 김희철이 전유성이라는 친구를 통해 이

전 세대의 문화를 흡입했듯이 말이다.

　더 이상 뭔가 배우지 않는다 해도 칭찬도 꾸지람도 계속 할 수 있게 전유성이 늘 건강했으면 좋겠다고 말하는 김희철이라는 친구를 가진 전유성이 부러웠다. 김희철의 소망이 이루어지길 나 역시 바란다. 이토록 자극이 되는 관계로, 서로에게 지워지지 않는 존재로 영원히 남아서 다른 사람들에게 '우정 어린 관계'가 무엇인지 본보기가 되었으면 좋겠다.

85

숨 쉬는
사랑이란

SBS
〈배기완, 최영아,
조형기의 좋은 아침〉에서
정은표 부인
김하얀의 한마디

"이 남자가 어떻게 내 남자가 됐지?"

　　SBS 〈스타 주니어쇼 붕어빵〉을 통해 꼬마 스타가 된 지웅이, 하은이 남매. 바로 연기자 정은표의 아이들이다. 이 아이들의 높은 아이큐가 화제가 되고 있는데 SBS 〈배기완, 최영아, 조형기의 좋은 아침〉(이하 〈좋은 아침〉)에서 정은표 가족을 초대해 '평범한 생활 속 우리 아이 영재 만들기'라는 주제로 이 가족의 사는 모습을 구석구석 들여다봤다.

✱ ✱ ✱

　　지웅이는 IQ 167, 하은이는 156. MC들이 아이를 어떻게 키우면 이렇게 머리가 좋아지냐고 묻자 아이들의 대답이 가히 우문현답이다.

　　"우리 아빠가 자유롭게 키워주셔서 그런 건데요? 그냥 풀어놔요, 강아지처럼."

　　교육 전문가로부터 영재로 키우는 부모라는 판정을 받았다고는 하지만, 정작 부모인 정은표 부부는 그 비법을 알지 못한다. 특별한 계획 아래 목적의식을 갖고 자로 재듯 기른 것이 아니라 그냥 가훈 '재밌고, 신나게'대로 즐겁게 살아가다 보니 어느새 아이들이 영재로 자란 것이니까.

물론 아이가 뱃속에 있을 때부터 책을 손에서 놓지 않은 것, 거실 한 면을 빼곡히 메운 책들, 아이들의 독서를 돕기 위해 사진으로 가려놓은 TV, 예기치 못한 행동을 나무라지 않고 눈높이를 맞춰 함께 놀아준 것 등 몇몇 특별한 점들이 '영재 만들기'의 비책일 수도 있다.

그러나 '우연히 정돈 않고 책을 들쑥날쑥하게 꽂아둔 것이 실은 아이들이 책에 더 흥미를 느낄 수 있게 만드는 비법이었다더라'라는 김하얀의 말처럼 이 가족은 별 목표 없이 그저 화기애애하니 재미있게 지내고 있을 뿐이었다.

굳이 가리는 음식이 있는 것도 아니고, 그렇다고 특별히 먹이려 드는 음식이 있는 것도 아니고, 따로 뭘 가르치는 것도 아니고, 아이들이 어떻게 자라주길 바랐던 것도 아니다. 아이들 말마따나 자유롭게 내키는 대로 한데 뒤엉켜 살을 비비며 살다 보니 자연스레 남다른 IQ를 갖게 된 것.

그렇다면 과연 누구나 정은표 가족의 가훈 '재밌고, 신나게'에 따라 살다보면 영재가 될 수 있는 걸까? 그럴 리가 있나. 다른 목적이 있는 '재밌고, 신나게'여서야 정말 즐거울 리 없다. 마치 놀부가 흥부를 따라 하려고 제비 다리를 부러뜨리는 격이지 않겠는가. 아무리 다른 부모들이 정은표 가족을 따라하려 해도 안 되는 이유는 바로 아이들의 어머니 김하얀에게 있지 싶다.

시종일관 웃음이 끊이지 않는 비결은 뭐니 뭐니 해도 어머니의 유쾌함에 있었다. 한 여성의 긍정적이고 지혜로운 품성이 어떻게 한 남자를 바꿔놓는지, 그리고 어떻게 자녀들을 머리 좋고 사회성 좋게 길러내는지, 김하얀은 여실히 증명하고 있었다.

✳ ✳ ✳

그녀를 만나던 서른일곱 살까지 정은표는 누구도 눈여겨보지 않는 가난한 무명의 배우이자 혼기를 놓친 노총각일 뿐이었다. 그러나 열두 살이나 어린, 밝고 쾌활한 성격을 가진 한 여성의 프러포즈에 결혼을 결심했고, 10년이 흐른 지금 좋은 아빠의 대표로 급부상하게 됐다.

〈좋은 아침〉을 통해 보여준 가족의 모습 중 가장 인상적인 부분이 아이들을 향한 아빠의 무한 애정 표현이었는데, 이 '아낌없이 주는 나무'와 같은 감성 어린 사랑이 바로 아이들 교육의 원동력이라는 생각이 들었다.

그토록 뛰어난 IQ를 지닌 아이들인지라 전문적인 영재 교육을 욕심낼 법도 하건만 정은표는 똑똑한 아이보다는 자신의 꿈을 이루는 아이로 자라주기를 바란다. 그래서 만화가가 되고 싶다는 지웅이, 아빠보다 유명한 연기자가 되고 싶다는 하은이의 소망을 지지해 주는 좋은 아빠다.

정은표의 연극 무대를 보고 한눈에 반했다는 김하얀은 이런 남편의 잠재력을 일찌감치 알아봤던 모양이다. 지금도 아침에 눈을

88

뜨면 '이 남자가 어떻게 내 남자가 됐지?' 하며 바라본다는 부인의 말을 듣다 보니 시청자인 나조차 그새 세뇌가 되었는지 정은표가 뭔가 모를 멋진 구석이 있는 남자로 보이기 시작했다.

자다가도 이 사람이 어떻게 내 짝이 되었는지 너무 신기하고 행복한 느낌을 가지고 살아가는 마음이 바로 사랑 아닐까. 죽음을 맹세하고, 대신 감옥에 가고, 오해로 옥신각신하는 그런 드라마 같은 사랑은 실제 생활에서 일어나기도 어렵거니와 일어나서도 안 된다. 그건 숨 막히는 일전이지 사랑이 아니니까. 온유한 숨결처럼 늘 곁에서 품어주고 지지해 주고 보듬어주는 게 진짜 사랑이라는 걸 피 끓는 청춘이 지나가면 그때는 알 수 있을라나.

어쨌거나 그리하여 평강공주와 온달의 일화처럼, 마치 동화 속 가족처럼 행복하게 살게 된 정은표 가족. 매일 으르렁대며 서로 헐뜯는, 그러나 딱히 불편 없이 살아가는 MBC 시트콤 〈하이킥! 짧은 다리의 역습〉의 안내상 가족과 어쩜 이리 다른 모습인지 모르겠다. 군이 따지자면 정은표 가족 보다는 안내상 가족 쪽에 훨씬 가까운 우리집. 아내로서, 부모로서의 나 자신을 많이 돌아보게 만든 아침이었다.

산을 지키는 건
못 생긴 나무

"몽골에 가면 현지인인 줄 알고 말을 걸어와요."

이 말에 내 마음 움직였어

　　KBS2 〈해피투게더〉를 보다가 박장대소하고 일어나 앉았다. 나이 쉰을 넘기니 늦은 밤 시간대의 예능 프로그램은 졸다 깨다 하며 보기가 일쑤다. 이날도 무장해제 상태였다가 장윤주의 일명 '하이패션 포즈' 시범이 펼쳐지는 순간, 벌떡 일어나 배를 잡고 웃을 수밖에 없었다.

　　그야말로 신개념 몸 개그지 뭔가! 일찍이 신동엽, 김원희가 SBS 〈헤이 헤이 헤이〉에서 모델 커플로 웃긴 이래로 모델 포즈가 이처럼 또 한 차례 웃음을 줄 줄이야. 몸매는 자타가 인정하는 대한민국 톱이요, 모델로서의 입지나 인기 또한 세계 어디에 내놓아도 손색이 없는 명실 공히 최고의 모델 장윤주가 아닌가. 이런 개그 감각까지 갖추었다니, 눈이 휘둥그레질밖에! 그러나 그 무엇보다 반하지 않을 수 없었던 건 그녀의 여유 있는 태도였다.

　　좌중이 돌아가며 예쁜 여자를 이미 많이 만나 봐서 이젠 밋밋한 여자에게 마음이 간다느니, MBC 〈무한도전〉 출연 당시 외모 순위 10위였다느니, 홍철이하고 연결시켜 주려고 했는데 홍철이가 윤주는 못생겨서 싫다고 했다느니 하릴없는 농담들이 계속 오갔지만 그녀는 크게 싫은 내색 않고 용케도 잘 받아 넘기고 있었다.

　　한 술 더 떠서 몽골 사람을 닮았다는 얘기가 나오자 실제로 몽골에 가면 현지인인 줄 알고 말을 걸어온다며 몽골인 성대모사를 직접 실연해 보이기까지 하는 게 아닌가. 예쁘고 아직은 연치 어린 여성이 재치 있는 데다가 감정 제어까지 능하니 눈길이 절로 갔다.

또 한 가지 높이 사고 싶은 점은 사람을 대하는 한결같은 마음씀씀이였다. 어떤 위치에 있는 사람이든 대하는 자세가 같다는 느낌을 받았다는 말이다. 가수로서 정재형, 이적 등 내로라하는 뮤지션들과 어깨를 나란히 했던 MBC 〈유재석 김원희의 놀러와〉 때나, 〈무한도전〉 멤버들에게 '외모순위 꼴찌'라는 놀림을 받았던 때나, 아마추어 모델들을 보듬고 격려하고 때로는 도발시켜야 하는 OnStyle 〈도전! 수퍼모델 KOREA2〉(이하 〈도수코2〉) 때나 그녀는 항상 똑같이 유쾌하고 따뜻한 모습을 보였으니까.

✳ ✳ ✳

특히 진행자 겸 멘토 역할의 〈도수코2〉의 경우, 긴장 속에 있는 도전자들 앞에 가발을 쓰고 등장해 분위기를 띄웠던 첫 번째 에피소드부터 마지막 탈락자를 끌어안고 위로의 말을 건네야 했던 마지막 회까지, 단 한 번도 긍정의 에너지와 배려가 느껴지지 않은 적이 없었다.

내가 가장 질색을 하는 부류가 재능 좀 지녔답시고, 프로랍시고 참가자를 함부로 무시하는 서바이벌 오디션 프로그램 관계자들이다. 그런데 장윤주라는 톱모델은 얕잡아 보기는커녕 오히려 약

92

점을 지닌 도전자가 있으면 그 약점을 극복할 수 있게 도움을 주고자 내내 애를 쓰고 있었다.

늘 단신이 문제가 되는 한 도전자를 위해 직접 워킹을 선보이면서 어떤 느낌으로 걸어야 키 큰 모델과 견주어 손색이 없을지, 본인이 각고의 노력 끝에 터득한 워킹 비법을 전수해 주며 격려했다.

장윤주라는 인물을 보면서 수년째 쏟아져 나오는 서바이벌 오디션 프로그램들 중 이처럼 인간적인 매력이 느껴지는 경우도 처음이지 싶었다.

멘토가 뭔가. 혼내고 잔소리하고 야단만 치는 게 서바이벌 프로그램의 멘토인가? 서바이벌 프로그램에서 심사자나 멘토는 노래면 노래, 댄스면 댄스 그것만 가르쳐야 하는 게 아니지 않는가. 멘토라면 그 분야에서는 물론이고 길고 긴 인생의 멘토가 되어주어야 하는 게 맞지 싶다. 노래만 잘한다고, 춤만 잘 춘다고, 연기만 잘한다고 오래 오래 그 일을 하며 살 수 있는 건 아니다. 자연인으로 돌아갔을 때에도 자신이 배웠던 것을 기억하고 실천하게끔 도와준다면 그 얼마나 훌륭한 멘토이겠는가 말이다.

서바이벌에서 상처만 받고 돌아서는 수많은 사람들이 있다. 그들이 상처만이 아니라 배움을 안고 돌아서 다른 꿈을 꿀 수 있도록 보듬는 자세도 필요하다고 생각한다. 꼭 그 길이 아니어도 자신 앞에 놓인 상황에 어떻게 대처해야 할지 몸소 보여준다면 더없이 바람직한 멘토가 아닐까.

〈도수코2〉 도전자들이 톱모델 장윤주에게 배워야 할 팁은 워킹
이나 포즈, 자신감 같은 모델 수업 교재에 나올 법한 항목들만은
아니리라. 나는 그들이 선배인 장윤주에게 모델뿐만 아니라 사람
으로서의 올바른 자세와 지혜로운 처세 또한 배웠기를 바라고 또
바랐다.

이 말에 내 마음 움직였어

그녀의 힘은
인맥이 아니라
인연

tvN
〈스타 특강SHOW〉에서
박경림의 한마디

"라디오 작은 코너에 출연하던 신인 시절이었는데요.
한겨울에 폭설이 내려 집에 갈 길이 막막했어요. 집이 벽제였거든요.
그런데 프로그램을 함께 했던 조연출 오빠가 지나가다가
'너 왜 거기 서 있어?' 하고 묻더라고요.
그러더니 자기 집은 장흥이라며 타라고 하시는 거예요.
한 시간 넘게 떨고 있다가 가는 길이지 싶어서 차를 얻어 탔는데
나중에 라디오 작가 언니에게 들어 보니 동부이촌동 토박이셨어요.
제가 부담스러울까 봐 그러셨던 거죠.
그 순간 한 대 딱 맞은 것 같은 거예요.
그 후부터 제가 받은 고마움을 다른 누군가에게
똑같이 전하려고 애쓰고 있어요."

나는 KBS2 〈이야기쇼 두드림〉이나 tvN 〈스타 특강SHOW〉 같은 삶의 지혜를 얻을 수 있는 프로그램을 좋아한다. 두 프로그램 모두 매회 빼놓지 않고 보는 편이다. 그 시간에 초빙된 강사가 메시지를 전하고자 하는 대상은 파릇파릇 새싹을 틔우기 시작한 청춘들이다. 하지만 이미 만개하다 못해 시드는 쪽으로 발을 내딛은 나에게도 반성의 기회가 되는 등 이래저래 도움이 많이 되는 프로그램들이다.

그 가운데에서도 〈스타 특강SHOW〉에 박경림이 들고 나온 주제 '지금 불행하다면 감사하자'는 나 자신을 돌아보는 시간을 만들어주었다. 어쩌면 뻔하다고 할 수 있는 주제였지만 진심이 담긴 소소한 에피소드를 들으면서 가족의 의미를 되새겨 볼 수 있었다. 또한 타인에 대한 배려에 대해서도 다시금 생각해 볼 수 있어서 좋았다.

✳ ✳ ✳

'박경림' 하면 다른 분들은 어떨지 모르겠지만 나는 무슨 까닭인지 SBS 〈X맨 일요일이 좋다〉에서 유재석과 함께 마치 건전지 광고인 양 미친 듯이 춤을 추던 장면이 떠오른다. 지칠 때까지 노력

하는 뜨거운 삶, 한때는 그 열정적인 에너지가 과하게 느껴지기도
했다. 그냥 살살 장애물을 피해가고, 날아오는 위험을 요리조리 막
아가며 방어적으로 살아온 나와는 코드가 좀 안 맞는다고 할까?
그런데 〈스타 특강SHOW〉를 보고 나니 왜 그녀가 고등학교를 막
졸업하던 무렵부터 그토록 적극적인 삶을 살게 되었는지 비로소
이해가 됐다. 물론 스스로를 위한 노력이기도 하겠지만 부모님을
위한 마음이 컸다는 걸 알게 되었다.

✳ ✳ ✳

　우리의 하루하루가 아무리 고난의 연속이라한들 총탄이 난무하
는 실제 전쟁터만이야 하겠나. 월남전에서 필설로 다하기 어려운
끔찍한 일들을 겪고 돌아온 후 그녀의 아버지는 술 없이는 잠을
이루지 못했던 모양이다. 밤이면 밤마다 아버지의 주사가 이어졌
고, 어린 마음에 그렇게 아버지가 싫고 미울 수가 없었단다.
　그래서 어느 날 큰 결심을 하고 왜 그렇게 술을 드시는지, 평소
에는 무골호인인 어른이 왜 술만 드시면 온 가족을 공포로 모는지
물었다고 한다. 혼쭐이 날 거라 생각했는데 아버지는 의외로 혼을
내기는커녕 선선히 자신이 처한 괴로운 상황을 털어놓고 어린 딸
에게 사과를 했다고 한다. 그리고 딸이 '돌발소녀'로 대중의 관심
을 받게 되자 혹여 자식에게 누가 될까 봐 그 즉시 술을 끊었다는
그녀의 아버지.

97

그녀가 서글픈 가족사까지 꺼내들고 젊은 친구들에게 하고 싶었던 조언은 '미운 사람이 있다면, 나와 달라서 싫은 사람이 있다면, 그 사람에게도 이유가 있지 않을까 한번쯤 생각해 보라'는 거였다.

"내가 딸인데, 같이 사는 가족의 아픔도 몰랐는데, 내가 감히 누구를 오해하고 미워하겠냐 하는 생각이 많이 들어요. 20년 동안 아빠의 고통도 몰랐던 딸인데."

눈물 많은 그녀는 당연히 울었고, 청중도 울고, 나도 따라 울었다. 가족사를 넘어 대한민국의 슬픈 역사가 아닌가. 아직 생존해 있는 월남전 파병용사들이 많다. 그들은 오늘도 부상의 후유증과 정신적인 고통에서 헤어 나오지 못하고 있다. 우리 모두가 잊고 싶어 밀쳐놓은 슬픈 역사의 한 페이지이다.

그러나 방송 다음 날 쏟아져 나온 기사들은 대부분 '아버지의 술주정, 공포의 나날, 눈물의 어린 시절'을 강조한 제목을 달고 있었다. 숲을 보지 못하고 나무만 본 셈이 아닌가. 이미 십수 년 전부터 금주를 선언하고 봉사활동에 전념하며 지낸다는 그녀의 아버지가 어떤 마음이었겠는가. 어떻게든 관심을 유도해야 하는 게 언론의 생리임을 모르지 않는다. 그리고 글을 쓴 당사자가 제목을 붙이지 않는 경우도 많다는 것을 잘 안다. 하지만 이렇게 초점이 어긋나거나 작은 사실을 크게 부풀린 경우를 접할 때마다 TV를 보고 글을 쓰는 일을 하는 내가 다 미안해질 지경이다.

***

　사실 강의 내용 중 가슴에 가장 와 닿았던 얘기는 그녀가 데뷔 즈음 겪었다는 일화다. 여의도 MBC에서 방송을 마친 늦은 밤, 폭설로 택시조차 잡히지 않는 난감한 상황이었다. 프로그램을 같이 하는 조연출이 그녀를 발견하고 집까지 데려다주겠다고 나섰다. 그녀의 집은 벽제고 조연출의 집은 장흥이라니 마침 짠 듯이 코스도 맞는지라 부담 없이 신세를 질 수 있었다고. 헌데 훗날 알고 보니 그 조연출의 집은 동부이촌동이었단다. 여의도에서 동부이촌동은 그야말로 엎어지면 코 닿을 거리인데, 눈이 펑펑 쏟아지는 밤에 경기도 벽제까지 따라 나선 조연출이라니.

　당시만 해도 미래가 불투명한 일개 출연자에 불과했으니 잘 보이려는 사심이 있을 리 없었고, 단지 딱한 마음에서 도움의 손길을 내밀었을 것이다. 혹여 미안해할까 봐 집이 장흥이라고 둘러대기까지 하며. 그런 일이 일상다반사인 인물인지라 본인은 그때의 일을 까맣게 잊었을 거라고 했다. 하지만 그녀는 그 고마움을 잊지 않고 어떻게든 그 마음을 다른 누군가에게 전하려고 애를 써왔다고 한다.

　배려나 양보가 점점 사라지는 요즘, 고맙다는 말 한마디가 아쉬운 세태인지라 그녀와 그 조연출의 인연이 유달리 마음을 파고든다. 지금은 박경림의 소속사(코엔스타즈) 대표(안인배)가 되었다는

조연출 청년. 타인을 한 번 더 생각해 주는 마음이 한 소녀의 기억
에는 감동 어린 배려가 되었고, 그 소녀는 또 다른 누군가에게 그
런 마음을 전하려고 애쓰는 사람이 되었다.

누구나 살면서 앞이 막막해질 때가 있다. 그때 누군가가 손을 내
밀어 준다면 그보다 고마운 일이 어디 있겠는가. 그 손길이 보듬은
마음은 바이러스처럼 금세 이 사람 저 사람으로 옮겨갈 테고, 그러
다 보면 더 많은 사람이 작은 배려를 늘상 베풀며 살아갈 날이 오
지 않을까.

물론 받고서도 모른 척하는 사람이 태반인 세상이니 온통 이런
착한 바이러스로 뒤덮이기는 어려울 것이다. 하지만 적어도 받은
마음을 누군가에게 돌려주려는 박경림 같은 마음으로 살다보면
지금보다는 더 좋은 인연들이 생길 게 분명하다. 그렇구나, 지금
보니 박경림의 힘은 인맥이 아니라 인연의 힘이었음을 알겠다.

보이는 대로
믿지는 않으면서
보이는 사람만
보는 우리

MBC 〈황금어장〉
'라디오스타'에 출연한
김영철에게 던진 질문

"나오시는 줄 몰랐어요.
종신이 형, 고현정 씨, 정형돈 씨,
세 분만 MC인 줄 알았어요.
언제부터 나오신 거예요?"

김영철은 SBS 예능 프로그램 〈강심장〉에서 '4층의 강 호동'이라는 별명이 붙을 정도로 존재감을 크게 드러낸 바 있다. 김효진과 더불어 주거니 받거니 찰떡궁합을 자랑하며 '강심장의 빛과 소금'이란 별칭도 얻었다. 하지만 SBS 예능 프로그램 〈GO show〉로 자리를 옮긴 뒤 별반 활약을 하지 못하는 통에 급기야 〈GO show〉의 '올밴'이냐는 소리까지 들었다.

오죽하면 MBC 〈황금어장〉 '라디오스타'에서 막내 MC 규현이 "나오시는 줄 몰랐어요. 종신이 형, 고현정 씨, 정형돈 씨, 세 분만 MC인 줄 알았어요. 언제부터 나오신 거예요?"라고 물었겠나. 하기 야 그런 질문도 무리가 아닌 것이 실제로 내 주위를 돌아봐도 김영 철을 〈GO show〉 진행자로 인식하지 못하는 사람이 꽤 많았다.

고현정, 윤종신, 정형돈, 김영철, 네 사람 중 그가 가장 두드러지 지 못한 것은 사실이다. 하지만 매회 꾸준히 지켜본 사람은 음향효 과처럼 한 사람의 목소리가 내내 들리고 있음을 눈치 챘으리라. 끊 임없이 맞장구를 쳐주고 추임새를 넣는 김영철의 음성. 화면에 잡 히든 잡히지 않든 처음부터 끝까지 초대 손님에게 집중해 최선을 다하지 않고서야 그럴 수가 있겠나.

그런 그를 두고 윤종신은 자신이 '라디오 스타'에서 하고 있는 역할을 그 자리에서는 김영철이 맡고 있다고 했다. 아이돌 그룹 제 국의 아이들의 광희 역시 〈GO show〉 출연 당시 워낙 리액션을 잘해줘서 김영철을 바라보며 이야기를 했노라고 말 한 바 있다.

김영철 본인은 다른 MC들이 아무도 말을 걸어주지 않는 통에 혼자 자괴감에 빠졌다가, 위축됐다가, 모노드라마를 찍는 중이라 며 난감함을 토로했다. 하지만 초대 손님들로서는 눈을 맞춰주고 자신의 말을 귀담아 들어주는 그가 있어서 의지가 된 것이다. 뿐 만 아니라 메인 MC인 고현정 또한 살갑게 늘 용기를 불어넣어 주 는 김영철에게서 힘을 얻고 있다고 했다. 우연이겠지만 윤종신과 동시에 문자를 보낸 친밀도 테스트에서 김영철 쪽에 먼저 답한 걸 보면 허언은 아닌 듯하다.

✳ ✳ ✳

다수가 진행하는 집단 MC 체제는 2003년 SBS 〈야심만만〉이 그 시작을 열었다 해도 과언이 아니다. 셋 이상의 MC가 진행하는 방 식이 최소 10년 이상 토크쇼를 지배해 왔다는 얘기다. 그러다 보 니 이제는 MC 간에 역할 분담이 이뤄지고 있다. 중심을 잡는 인물 이 있으면 삐딱하니 깐족거리는 인물도 있고, 그런가 하면 가만히 있다가 툭툭 재치 있는 말을 한마디씩 던지는 인물도 있다. 또 초 대 손님이 편안하게 말을 잘할 수 있도록 거들어주는 인물도 필요 해졌다.

그 모든 걸 아우르며 두루 잘하는 진행자도 있긴 하다. 하지만 여러 명이 동시에 진행을 보는 프로그램에서는 자신이 잘하는 쪽에 각자의 능력을 발휘해야 프로그램이 살아난다. 적절한 리액션을 해주고, 성대모사나 모창으로 한 번씩 흥을 돋워주고, 중간 중간 쉬어 갈 때의 어색함을 특유의 친화력으로 상쇄시켜 주는 등 각자의 역할이 다 따로 있다는 얘기이다. 오히려 너나 할 것 없이 한마디라도 더 방송을 타고자 기를 쓰다 보면 프로그램의 모양새만 우스워졌을 거다.

그런 의미에서 SBS 〈힐링캠프, 기쁘지 아니한가〉의 김제동도 김영철과 비슷한 역할이다. 힐링캠프 제작진과 대담했을 때 김제동이 MC 초보인 한혜진보다 그다지 하는 일이 없어 보여 아쉽다고 하니 제작진은 이런 답을 했다.

"김제동 씨는 사실 현장에서 더 큰 역할을 합니다. 방송에 익숙하지 않은 사람들에게 이경규 씨는 다소 까다로워 보일 수 있고 한혜진 씨는 여자라서 부담스러울 수 있거든요. 방송에서 드러나지는 않지만 게스트가 충분히 마음을 열 수 있게끔 김제동 씨가 여러모로 많은 도움을 주고 있어요."

그렇다. 보이는 게 다가 아닌 것이다. 유재석이나 신동엽처럼 말 잘하고 깔끔하게 정리 잘하는 진행자도 필요하지만, 화면에는 안 나와도 그들을 받쳐주는 중간 역할도 꼭 필요하다. 편집할 때 시간 때문에 다 살릴 수 없어서 잘려나간다 해도 현장에서는 반드시 필요한 상황이 있다. 없는 듯해도 결코 없어서는 안 될 그야말로 소금 같은 존재가 김영철과 김제동이 아니겠는가.

* * *

우리는 이상한 이중 잣대를 하나 갖고 있다. 보이는 것 그대로는 믿지 않고 의심하면서, 보이는 것만으로 사람을 판단하려고 한다. 갈수록 외관이 사회생활의 중요한 요소가 되어가는 것도 같은 맥락이다. 보이는 대로만 재빨리 판단해 버린다. 화면에 많이 안 나오는 연예인은 연예인 사이에서도 인기 없고 역할도 없을 거라 생각해 버린다.

그런데 재미있는 건 친구 사이에서는 진행자 스타일이 인기가 없다는 거다. 말 많고 혼자 다 교통정리하는 친구보다는 같이 있으면 말 많이 안 해도 들어주는 친구가 더 마음 편하지 않나. 먼저 전화해서 커피 한 잔 하고 싶은 이도 있는 듯 없는 듯 나를 배려해 주는 사람이다.

화면에서도 그럴 기라 생각해 본다. 자주 등장하지는 않지만 초대된 손님이 누굴 보고 그 자리에 앉아 있을지는 짐작이 간다. 편집해서 보여주는 것이 그 사람의 전부일 거라는 섣부른 생각은 하지 않기로 하자. 김영철과 김제동 같은 이들이 있어서 그야말로 기쁘지 아니한가 말이다.

나보다 잘난 형제자매 극복하기

SBS 〈강심장〉에서
이특 누나
박인영의 한마디

"이완 씨에게는 김태희 씨라는 누나가 있고
엄태웅 씨에게는 엄정화 씨가 있잖아요.
누나들이 도움도 많이 되고 힘을 많이 준다는 얘기를 들었어요.
그런데 저는 그렇게 못하니까
그게 너무 미안한 거예요.
그렇다고 막 표현을 하고 싶은데
표현을 하면 특이가 점점 더 멀어지는 것 같고.
열심히 노력해서 언젠가 특이가 힘들고 지쳐 있을 때
누나의 그늘에서 쉴 수 있게 좋은 연기자가 되고 싶어요."

이 말에 내 마음 움직였어

언제부터일까? 토크쇼를 비롯한 각종 예능 프로그램이 신변잡기를 전하는 수준을 넘어 스타의 호감도를 올리는 데 적극적인 창구 역할을 하기 시작했다.

그저 단순히 연예인으로만 비춰질 때는 그들이 내세우는 이미지가 설정으로 여겨지기 십상이지만, 가족과의 관계나 과거사를 솔직하게 드러내면 인간적인 면모가 부각되는 긍정적인 역할을 한다. 덕분에 시청자들은 원하든 원치 않든 연예인 가족사를 모조리 꿰뚫게 되고 지난 날 무슨 억울한 일을 겪었는지 어떤 좋은 일들을 했었는지 다 알게 되었다. 뿐만 아니라 마치 내가 잘 아는 사람처럼 연예인을 보게 되는 착시 현상도 생겨났다.

그렇다 보니 연예인 가족의 서포터 식 출연이 기회가 되어 아예 가족이 연예인의 길로 들어서는 예도 꽤 있다. 그중 가장 성공적인 케이스를 꼽아보자면 개그맨 김구라의 아들 동현이를 들 수 있다. 귀엽고 천진난만한 아들의 등장이 이미지 쇄신에 결정타로 작용한 점은 그 스스로도 인정할 것이다.

모든 연예인 가족의 등장이 이처럼 서로에게 윈윈으로 마무리 된다면 얼마나 좋을까. 하지만 오히려 가족이 연예인 당사자의 이미지에 누가 되는 경우도 부지기수다.

✳ ✳ ✳

MBC 〈스친소 서바이벌〉에 출연한 이래 뜻하지 않게 '특이 누나'라는 타이틀을 달게 된 연기자 박인영도 늘 밝은 기색이었지만 실은 남모를 고민이 심했던 모양이다. 연기자의 길을 한 걸음씩 준비해온 자신에게는 '이특의 누나'라는 타이틀이 여러모로 득이 된 반면, 혹여 누나라는 존재가 세계로 뻗어나가는 그룹 슈퍼주니어의 리더 이특에게 폐가 되는 건 아닐까 그녀는 노심초사하고 있었다.

언젠가 영화에 캐스팅 되었을 때 동생 이특을 까메오로 섭외해주기만 한다면 출연 분량을 대폭 늘려주겠다는 황당한 제안을 받고 돌아서며 많이 울었다는 고백은 서글프기까지 하다. 특급 스타 김태희나 엄정화처럼 누나로서 도움을 주지는 못할지언정 동생을 앞세워야 겨우 앞길이 트이는 처지에 놓이다니, 그 심정이 오죽 착잡했겠는가.

그러나 특이 누나 박인영이 짐작 못할 일이 한 가지 있다. 그건 바로 누나와 함께 〈강심장〉에 출연했을 때 이특이 더 특별해 보였다는 점이다. 그전까지만 해도 이특은 나 같은 아줌마에겐 아이돌 그룹의 일원일 뿐이었는데 그날을 기점으로 달리 보이기 시작한 거다.

지나치게 활발하다 싶은 누나를 민망해 하며 바라보는 모습이, 끈끈한 가족의 정을 애써 과시하려 들지 않는 모습이 남다르게 느껴졌다. 마치 연예인이 아닌 내 아이들이 실제로 티격태격, 아옹다옹하는 모습을 지켜보는 느낌이랄까? 무엇보다 도식적인 아이돌 이미지에서 벗어났다는 점이 좋았던 것 같다.

그렇게 일단 아이돌이라는 선입견을 떼버린 후 찬찬히 관찰한 결과, 매번 '특 아카데미'로 몸바쳐 분위기를 띄우는 〈강심장〉에서는 물론, tvN 〈오천만의 대질문〉에서도 MC로서 제 몫을 톡톡히 해내는 이특은 참 괜찮은 매력 있는 청년이란 걸 알 수 있었다.

아직은 어린 나이이고 워낙 활동이 다양한지라 간혹 실수도 있을 수 있겠지만 남자답고 진중하게, 올바른 판단으로 앞길을 잘 헤쳐나가리라는 믿음이 생겼다. 아이돌 춘추전국시대인 요즈음, 끝까지 살아남을 몇 안 되는 인물 중 하나임이 분명한 이특. 그리고 동생이 지치고 힘들 때 힘이 되어주겠다는 누나 박인영. 서로 성격이나 성향은 다르지만 최선을 다해 노력하는 자세만은 똑 닮은 두 남매의 미래가 어찌 엄정화 엄태웅 남매나 김태희 이완 남매보다 어둡다 할 수 있겠는가.

✱ ✱ ✱

그런가 하면 너무나 유명하고 잘난 형제자매가 있다는 사실을 접어두고 청출어람을 일궈내는 케이스도 있다. KBS2 드라마 〈성균관스캔들〉로 흥행 보증수표임을 증명한 연기자이자 그룹 JYJ의 멤버 박유천의 동생 박유환을 떠올려 보자.

대한민국 드라마 시청률을 들어다 놨다 할 정도의 인기를 구가하고 있는 박유천을 형으로 둔 박유환이 MBC 드라마 〈반짝반짝 빛나는〉에 출연했을 당시만 해도 걱정 어린 시선이 많았다.

주인공의 나이 어린 삼촌이라는 비호감형 배역에 박유천의 동생이라는 부담까지 더해진 상황이었다. 저러다 그냥 한번 출연해 봤어, 하고 평가되면 어떡하나 싶었다. 그런데 웬걸, 회를 거듭할수록 주인공 못지않게, 흥미진진하게 이야기를 끌어가는 게 아닌가. 작가가 틀을 만들어주고 연출가가 길을 열어주니 연기자가 영리하게 자신만의 캐릭터를 구축해 간 보기 드물게 성공한 케이스였다.

드라마 배역의 비중은 사전 제작이 아니고서야 시청자의 반응에 따라 줄어들고 늘어나기 마련이다. 따라서 사라지지 않고 점점 발전시키는 것은 배우의 몫이다. 캐릭터가 잘 살면 작가와 연출가 또한 조금이라도 더 살려내려고 고심하게 되어 있다. 이를 온전히 자기 것으로 만들어 차근차근 한 걸음씩 연기자의 길을 걷고 있는 박유환이라는 친구, 보통 혹독한 자기 단련의 시간을 보낸 게 아니구나 싶다.

✳ ✳ ✳

수양산 그늘이 천 리를 간다는 말이 있다. 산이 높으면 그 그늘이 넓어서 그만큼 혜택을 보는 이가 많다는 뜻이다. 그러나 잘난

이 말에 내 마음 움직였어

형제자매가 득이 될지 해가 될지는 전적으로 스스로에게 달렸다. 똑똑하고 유능한 형제자매와는 별개로 자신에게 주어진 기회를 살리는 것은 자신의 노력과 재능이니까. 그런 의미에서 박유환과 박인영 이 두 사람은 혜택인 동시에 부담인 부분을 잘 이겨낸 경우라고 하겠다.

임예진의 '남편 자랑'이 얄밉지만은 않은 이유

SBS
〈강심장〉에서
임예진의 한마디

"이정표를 못 보고 길을 잘못 들어서잖아요.
그럼 우리 남편은 저를 나무라는 게 아니라 이정표를 나무라는 거예요.
'이정표를 저 따위로 만들어 놨는데 어떻게 제대로 봐! 보면 이상하지!'
이래요."

중견 연기자 임예진이 SBS 〈강심장〉 '나는 전설이다 특집' 오프닝에 등장하는 순간 고개를 갸웃거렸다. 과연 재미있는 이야기를 들려줄까? 한때 하이틴 스타의 전설이었음은 부인할 수 없지만 MBC 〈세바퀴〉 등 다른 토크쇼에서 자주 들은 터. 게다가 그다지 굴곡진 삶을 살지는 않았으리라 싶은데 무슨 새로운 얘기가 있을지 짐작이 안 됐다. 입담 좋은 스타들 사이에서 묻히는 건 아닐지 한편으론 살짝 걱정했다.

그런데 이게 웬일, 그날 담담히 꺼내놓은 임예진의 이야기는 그 어떤 흥미진진한 폭로보다, 또 그 어떤 이의 눈물 어린 고백보다 마음에 와 닿았다.

***

임예진의 이야기 주제는 힌미디로 '남편 자랑'이었다. 임예지의 열혈 팬이어서 그녀를 볼 목적 하나로 방송국 PD 시험을 봤다는 드라마틱한 일화를 들려줬는데, 그때부터 남편은 평생 한결같은 아내 편이란다.

그러면서 예를 몇 가지 들었는데 그중 표지판에 얽힌 에피소드는 단연 압권이었다. 한 번은 운전을 하고 길을 가다가 자칫 이정표를 놓쳐 한참을 돌아가게 되었다고 한다. 이럴 경우 대개의 남편들은 "왜 그거 하나 똑바로 못 봐! 당신 때문에 늦었잖아." 하고 역정을 낸다. 그런데 그녀의 남편은 "이정표를 저 따위로 만들어 놨는데 어떻게 제대로 봐! 보면 이상하지!" 하며 오히려 표지판을 나무란다는 것. 그렇다고 임예진이 바보도 아니거늘 진정 이정표 탓이라 여길 리는 없다.

그뿐 아니라 밖에서 겪은 서운한 일을 하소연할라치면, 심지어 임예진 본인이 잘못한 일이어도 매번 남편이 전적으로 편을 들어주는지라 자연스레 화도 풀리고 섭섭함도 사라지더란다. 그렇게 언제 어디서나 편이 되어줄 사람이 곁에 있다는 것만큼 든든한 게 또 어디 있을까.

무슨 일만 생기면 어디선가 달려오는 슈퍼맨처럼, 혹시 위기에 빠져 모든 사람이 외면할지라도 변함없이 곁을 지켜줄 이가 있는 임예진이 눈물 나게 부러웠다. '로열 패밀리'가 무에 부러우며 고관대작이 무에 부럽겠느냐 말이다.

✳ ✳ ✳

그런데 뒤를 잇는 생각은 '나는 과연 한결같은 누군가의 편이 된 적이 있었나?' 하는 반성이었다. 안도현 시인의 시 〈너에게 묻는다〉의 한 대목 '연탄재 함부로 발로 차지 마라, 너는 누구에게 한 번이라도 뜨거운 사람이었느냐'처럼 나 스스로가 누군가의 슈퍼맨이 되어줄 작정을 해본 적이 있긴 하냐는 의문이 들었다.

해결하기 어려운 난관에 부딪혔을 때, 위로 받고 싶은 일이 생겼을 때 가장 먼저 나를 떠올릴 사람이 이 세상 천지에 몇이나 될까? 설마, 단 한 사람도 없진 않을 터. 하지만 적당히 거리를 두고 뜨겁지 않게 다가간 건 아닐지. 임예진을 부러워한 만큼, 딱 그만큼이라도 뜨거운 마음으로 살아봐야겠다는 생각이 드는 밤이었다.

남자들이여,
때론 곁으로도
울어라

'가족에게 소외받고, 돈 벌어 오는 자의 비애와,
거대한 짐승의 시체처럼 껍질만 남은 권위의 이름을 짊어지고 비틀거린다.
집안 어느 곳에서도 지금 그가 앉아 쉴 자리는 없다.'

한때 남편이 끼고 살다시피 자주 듣던 노래가 있다. 넥스트(N.EX.T) 1집에 수록된 〈아버지와 나〉라는 곡이다. 차에서도 늘 들었지만 늦은 밤이나 새벽녘에 홀로 창밖을 내려다보며 듣곤 하는지라 그 쓸쓸한 뒷모습에 '혹시 울기라도 하나?' 싶어 마음이 짠했다. 삼십 대 이전에 이미 두 아이의 아버지가 된 터라 어깨에 드리워진 책임감이 버거운가 안쓰러웠다.

그러나 아이들이 꽤 어릴 때이기에 '내 아이들의 아버지가 된다는 것이 무섭다' 같은 대목 때문에 흔들리는 건 아니지 싶었다. 그보다는 너무나 엄하고 너무나 두려웠던 자신의 아버지, 그래서 터놓고 얘기 한번 제대로 한 적 없건만 아쉽게도 어느 날 불현듯 뇌일혈로 세상을 떠나버린 아버지에 대한 연민과 자책 때문인 듯 보였다. "그러게, 계실 때 잘 하지 왜?" 하고 쥐어박는 소리를 했던 기억이 난다. 나도 그때는 어렸으니까.

그런데 얼마 전, 교통정보를 찾아 무심히 라디오를 켰다가 오랜만에 〈아버지와 나〉를 들을 수 있었다. 더구나 곡을 신청한 사연이 시아버지 돌아가셨을 때와 흡사한지라 나도 모르게 몰입해 눈시울을 적시고 말았다. 하지만 추억에 젖는 것도 잠시, 곡을 신청한 사람의 나이를 듣는 순간 가슴이 뜨끔했다. 사연을 보낸 청년이 우리 아들아이와 동년배였다. 세상 제일 무서운 게 세월이라더니 아뿔싸, 아버지를 그리워하며 노래를 듣고 또 듣던 내 남편이 이젠 노랫말 속 아버지 처지가 되고 말았으니 이를 어쩌누.

그 젊던 애들 아빠가 어느새 흰 머리도 생기고, 키도 좀 줄어든 듯하다. 더욱이 '가족에게 소외받고, 돈 벌어 오는 자의 비애와, 거대한 짐승의 시체처럼 껍질만 남은 권위의 이름을 짊어지고 비틀거린다. 집안 어느 곳에서도 지금 그가 앉아 쉴 자리는 없다.'라는 가사가 가슴을 찌를 나이가 된 것이 못내 안타까웠다. 그러고 보니 남편이 이 노래를 듣는 걸 보지 못한 지도 꽤 오래되었다. 어쩌면 자기 자신이 이미 노랫말의 주인공이 되었음을 이미 깨닫고 있었는지도 모르겠다. 하기는 '아버지'라는 단어가 압박해 오는 책임의 무게를 여자인 내가 어찌 알 수 있으리.

✳ ✳ ✳

KBS2 〈해피선데이〉 '남자의 자격'의 '남자의 눈물'이란 미션을 보면서 같은 생각을 했다. '남자의 눈물'은 그간 남자인 척, 센 척 하느라 참고 참아 온 출연자들에게 자리 깔아줄 테니 가슴 속 깊이 응어리진 눈물을 실컷 한번 쏟아보라는 거였다. 평소 남자의 눈물을 절대 금기로 여겨온 김국진을 비롯한 몇몇 출연자들은 당혹스러워하는 기색이 역력했지만 슬픈 영화를 보고, 슬픈 노래를 들으면서 조금씩 눈물을 보이는 이들이 생기기 시작했다.

이 말에 내 마음 움직였어

그런데 의외였던 건, 일반적으로 눈물을 자아내는 '어머니' 얘기에도 크게 동요하지 않던 출연자들이 아버지와의 일화가 나오자 둑이 터진 양 억지가 아닌 가슴에서 우러나는 눈물을 떨어뜨리기 시작하는 거였다.

아버지의 무덤 앞에서 한 약속을 지키고자 어머니의 편지를 읽으면서도 끝내 눈물을 참아낸 김국진, 노쇠하신 아버지 손을 붙잡고 어떻게든 오래만 살아만 주십사 하며 펑펑 울었다는 이경규, 누구에게도 폐를 끼치지 않고 깔끔하게 생을 마무리하신 아버지 얘길 하며 눈물을 쏟은 이윤석 등 대부분의 출연자들이 아버지를 떠올리며 감정에 북받쳐 울었다. 그건 바로 강한 척 하며 살아야 하는 남자의, 아버지의 비애를 그들이 그제야 이해하게 되었기 때문이 아닐는지.

일곱 남자들의 가슴 뜨거운 눈물을 보며 우리 아버지들의, 남자들의 삶에 대해 다시금 생각해 보게 되었다. '남자는 태어나 딱 세 번만 울어야 된다'는 미명 하에, 그리고 아버지로서의 책임과 의무를 다하기 위해 얼마나 애써 눈물을 참아왔겠나. 김성민이 농담 삼아 '마치 정신과 치료를 받은 것 같다'라고 했지만 눈물이 스트레스 해소에 효과가 있다는 건 분명한 사실. 아버지들이시여, 부디 눈물 흘리길 주저하지 마소서!

이 말에
내 마음
움직였어

*** 세 번째 이야기

Theme Talk

이태석 신부 • 삼양라면 • 정애리 • 김수영 • 충주 성심학교 야구부
윤상멘토스쿨 • 秀Pearls와 고현정 • 레인보우 • Get it Beauty
박정현 • 최민수 • 방송의 함정 • 스타의 연인

사람의 자리

KBS
〈울지마 톤즈〉에서

"처음에는 워낙 가난하니까 여러 가지 계획을 많이 세웠다.
그러나 시간이 지날수록 같이 있어주는 것이
가장 중요하다는 것을 깨달았다.
어떤 어려움이 닥친다 해도
그들을 버리지 않고 함께 있어주고 싶다."

− 故이태석 신부의 저서 《친구가 되어주실래요?》 중에서

이 말에 내 마음 움직였어

고향이 평양인 우리 시어머님이 겨울철 독 안에서 막 꺼
낸, 살얼음이 사각사각하게 낀 김치로 해주시는 김치말이는 그야
말로 짱하니 가슴속이 시원해지는 게 가히 일품이다. 호가 났다는
음식점 두루 다녀 봤지만 우리 어머님 솜씨를 따라올 만한 집이
없다.

이십 년이 넘게 김장 때마다 곁에서 보조를 해왔음에도, 신당동
떡볶이집의 마할머니처럼 '며느리도 모를 비법'을 감춰두신 것도
아닐 텐데 나 혼자 집에서 담가 보면 그 맛이 통 안 난다. 그러니
남편이 "어머니 돌아가시면 못 먹게 될 텐데 어쩔 거냐."며 끌탕을
할밖에.

음식 솜씨 얘길 하자면 우리 이모표 부침개도 빼놓을 수 없다.
비가 부슬부슬 내리는 날이면 딸아이와 나는 모처럼 한마음 한뜻
이 된다. '이모가 해주는 부침개 먹고 싶다!' 청개구리는 돌아가
신 엄마 생각에 비 오는 날마다 그리 구슬피 운다지만 아마도 우
리 모녀는 나중에 이모가 해준 부침개가 그리워 눈물지을지도 모
르겠다. 이렇듯 세상 떠난 후에 '그이는 그거 하난 끝내줬는데' 하
고 누군가가 아쉬워할 만한 '꺼리'가 있다면 태어난 의미가 확실
히 있는 거다.

그런데 아쉬운 정도가 아니라 평생 잊을 수 없는 그리움을 안기고 가버린 야속한 사람도 있다. 사람이라기보다는 성자에 가까웠던 한 신부의 이야기를 2010년 크리스마스 즈음 KBS에서 스페셜 다큐로 방영했다. 이젠 돌아가시고 안 계시지만 많은 이들에게 감동과 사랑, 안타까움을 안긴 故 이태석 신부.

✳ ✳ ✳

그는 대장암 말기라는 청천벽력 같은 판정을 받은 후에도 자신의 몸보다는 수단 걱정을 먼저 했다. "우물을 파다 말고 왔는데, 약도 그대로 쌓여 있는데……." 하며 이미 전신으로 암이 퍼진 급박한 순간임에도 수단으로 돌아가길 극구 고집했다고 한다. 우리는 음식만 봐도 가까운 이의 부재를 걱정하는데, 이미 떠날 몸이란 걸 알게 된 그분의 심정은 더 말할 것도 없다. 저 멀리 아프리카 수단에 남겨질 사람들을 생각하면 이 신부의 고집이 백 번 헤아려진다. 손발이 뭉개진 한센병 환자를 이태석 신부가 아니면 누가 어루만지며 약을 발라줄까. 이태석 신부도 그러함을 알기에 생전에 자꾸 수단으로 향하는 발걸음을 멈출 수 없었을 것이다.

암 판정을 받고 불과 일주일 뒤 열린 톤즈 고등학교 신축 후원금 모금을 위한 작은 음악회. 그분의 얼굴은 심란한 기색이라곤 한 점 없이 편안해 보였다. 그리고 직접 기타를 연주하며 들려준 '이태석과 신부들'의 〈꿈의 대화〉는 한동안 화제가 되었던 세시봉 공연 못

이 말에 내 마음 움직였어

지않게 감동적이었다.

노래도 좋았지만 그분의 담담한 듯 환한 웃음이 내내 가슴에 남았다. 진실한 믿음으로 삶을 신뢰하는 사람은 어떤 상황에 맞닥뜨리더라도 흔들림이 없다고 하던데 과연 이태석 신부는 예사 분이 아니었다.

하기야 열여섯 차례나 되는 힘든 항암 치료 중에도 수단 어린이들을 위해 《친구가 되어주실래요?》라는 책을 출간하는 등 톤즈의 열악한 실상을 어떻게든 알리고자 백방으로 애를 쓴 분이 아닌가. 타계하기 한 달 전에는 손수 악기를 가르치고 이끌던 브라스 밴드 일원의 한국 유학을 주선하면서 마지막 남은 힘까지 모두 톤즈에 쏟아 부었다. 하지만 결국 톤즈로 다시 돌아가지 못하고 마흔여덟이라는 짧은 생을 마쳤다.

수단의 한 외국인 수사처럼 나 역시 하느님께 진심으로 묻고 싶었다. 왜, 왜 하느님은 아까운 분들을 죄다 일찌감치 데려가시는 걸까?

"처음에는 워낙 가난하니까 여러 가지 계획을 많이 세웠다. 그러나 시간이 지날수록 같이 있어주는 것이 가장 중요하다는 것을 깨달았다. 어떤 어려움이 닥친다 해도 그들을 버리지 않고 함께 있어주고 싶다."

결코 그들 곁을 떠나고 싶지 않았음이 분명한데 왜 하느님은 이 마음의 약속을 지킬 수 없게 만드셨을까.

✳ ✳ ✳

내가 더 가슴이 아팠던 대목은 따로 있었다. 한국에서 취재를 온 제작진이 이태석 신부의 투병 과정과 장례식 운구 행렬이 담긴 동영상을 보여주며 아이들의 마음을 뒤흔들어 놓지 뭔가. 긴가민가 하며 슬픔을 억누르고 있는 아이들에게 그렇게까지 해서 부재를 확인시키고 상실감을 안겨줘야만 하는 건지, 도무지 이해가 가지 않았다.

부지불식간에 너무나 많은 걸 잃은 아이들을 흐느끼게 해놓고는 눈물 흘리는 것을 수치로 여기는 수단 사람들에게 눈물을 가르쳐줬다고 하다니. 설마 그분께서 아이들이 눈물을 흘리길 바랐을 라고. 어미 잃은 새처럼 측은한 아이들을 울려버린 KBS 〈울지마 톤즈〉 제작진이 야속했다.

아이들이 어깻죽지가 축 처진 채 한국말로 〈사랑해〉를 부르는데, '아이들의 충격은 생각보다 커보였다'라는 내레이션이 덧붙은 그 장면을 보고 있자니 가슴이 미어졌다. 누가 이 아이들에게 이태석 신부의 자리를 대신할 수 있을까. 이태석 신부가 떠난 후 그 애지중지하던 브라스 밴드의 지원도 끊겼고, 그분이 밤낮을 가리지 않고 돌보던 병원은 황량하기만 했다.

다행히 이태석 신부의 주선으로 수단 학생 몇 명이 그분의 모교인 인제대학교 의대에서 의학 공부를 하게 되었다고 한다. 그 아이들이 우리나라에서 쑥쑥 커가고 있다는 것이 또 다른 이태석 신부를 꿈꾸게 한다. 이태석 신부 곁에서 듣고 배웠으니 늦은 밤이라 할지라도 환자를 돌려보내는 일은 없을 테고, 두 번 문을 두드리게도 하지 않을 테니까.

의료인이자 종교인이었고 친구였던 한 신부의 노력이 지상에서 가장 빈곤한 이들의 삶을 참 많이도 바꿔놓았다. 뿐만 아니라 이태석 신부를 알게 된 사람들은 저마다 할 일을 가슴에 새겨두었을 거다. 그분의 한결같았던 사랑이 햇살처럼 골고루 널리 퍼지기를, 그래서 더 많은 이태석 신부가 이 세상 곳곳에 다시 태어나기를 기도한다.

천 명의 일자리를
잃게 한
단어 하나

MBC LIFE
〈히스토리 후〉
'8년 만에 벗겨진 누명!
삼양라면 우지 파동의
진실은?'에서

"한 기업만 망가진 것이 아니라 거기에 몸담았던
수많은 사람들의 인생까지 바꾸어 놓았습니다.
권력, 사회, 언론이 이렇게 만들었습니다.
그 삼박자에 전 국민이 속았던 겁니다."

MBC LIFE 〈히스토리 후〉 '8년 만에 벗겨진 누명! 삼양라면 우지 파동의 진실은?'에서 1989년 사건 당시 직장을 잃었던 한 중년 남성이 울분을 토하고 있었다. 대한민국 모든 국민이 경악을 금치 못했던 일명 '공업용 우지 파동 사건'. 비누 등의 원료로 쓰이는 저급한 우지를 수입해서 썼으며, 인체에 해로운 산화방지제를 첨가하기까지 했다는 언론의 보도는 실로 충격이 아닐 수 없었다.

서민들의 고마운 음식으로 자리잡은 라면이 실은 쓰레기와 다름없는 재료로 만들어졌다니! 특히 라면업계의 선두 주자였던 '삼양라면'이 사람의 입에 들어가는 음식을 가지고 장난질을 쳤다는 실망감은 이루 말할 수 없었다. 그런데 알고 보니 그게 사실이 아닌 왜곡 보도였다는 얘기다.

도마에 오른 업체들이 내놓은 해명 자료에도 문제가 될 사안이 발견되지 않았음은 물론 보건사회부 역시 부적합한 요건을 찾아낼 수 없다는 성명을 발표했다. 그러나 무슨 연유에서인지 검찰은 이를 받아들이지 않았고, 그로 인해 지루한 법정 공방이 이어졌다.

사건 발생 8년 만에 겨우 무혐의 판결을 받았다고는 하나 이미 천여 명이 직장을 잃었고 손실액만 천억 원이 넘었다 하니 이 무

슨 황망한 경우인가 말이다. 더욱이 이미 땅에 떨어진 회사의 명예
와 신뢰는 회복할 길이 없었다. 이 모든 게 '공업용'이라는 느닷없
이 등장한 단어 하나에서 파생된 일이다.

　"사골을 먹을 줄 모르는 미국인에게 사골은 공업용일 수밖에 없
다. 쇠기름도 마찬가지였다."라는 당시 사건 취재를 맡았던 한 기
자의 말이 정답이지 싶다. 전문지식 없이 '공업용'이라는 단어 하
나로 서민들의 '제2의 주식'을 인체에 엄청나게 해로운 음식으로
둔갑시켜 버렸던 게 아닌가. 비식용이기에 인체에 해로울 것이라
는 단순한 추론에서 야기된 일인지, 아니면 소문대로 유일하게 팜
유를 사용하던 경쟁 회사의 음해였는지, 무성한 의혹만 남긴 채 사
건은 일단락되고 말았다.

　수많은 무고한 피해자가 발생했고 라면업계의 판도 변화를 초
래한 가슴 아픈 사건이었음에도 돌팔매질의 책임을 지는 사람은
아무도 없었다니 기가 막히고 코가 막힐 일일밖에. 무엇보다 무서
운 일은 아직도 '삼양라면'을 비롯한 몇몇 업체들이 실제로 인체
에 유해한 라면을 제조했다고 믿는 이들이 많다는 사실이다. 이는
우르르 돌팔매질에 나섰던 이들이 책임감 있는 정정 보도를 하기
는커녕 나 몰라라 외면했기 때문이다.

　이처럼 단어 하나가 가져올 수 있는 사회적 파장과 결과는 가히
상상을 초월한다. 그러나 우리는 수시로 너무나 쉽게, 너 나 할 것
없이 말과 글로 어느 누군가에게 피해를 입히고 있지 않은가.

사랑을 글로 배웠다느니 요리를 글로 배웠다느니 하는 요즘 농담도 있지만 어찌 된 일인지 TV조차 글로 보는 세상이다. 방송이 끝나기도 전에 요약된 기사들이 수두룩 올라온다. 한 시간짜리 프로그램 중 앞뒤 다 잘라내고 발언 한마디만 글로 내보내는 바람에 엉뚱한 오해를 받는 이가 생기고, 내용과 맞지 않는 자극적인 제목으로 인해 사실이 왜곡된다.

✱ ✱ ✱

이미 아는 사람이야 다 알 일이지만 포털 사이트에 올라오는 기사에 제목을 붙이는 이들은 매체마다 따로 존재한다. 뿐만 아니라 때론 포털 측에서 아예 구미에 맞게 제목을 바꾸는 경우도 있다고 들었다. 방송은 시청률이 관건이고 인터넷 기사야 클릭이 관건이니 어쩔 수 없다손 쳐도, 글쓴이의 의도와는 무관하게 글이 읽힐 때가 허다하다는 사실은 문제가 아닐 수 없다.

최근 나도 실제 그런 경험을 했다. '최현정, 갑자기 뉴스에서 잘렸다'라는 제목에 무슨 언론 탄압이라도 벌어졌는가 싶어 서둘러 기사를 열어 보았다. 그러나 어이없게도 최현정 아나운서가 MBC 〈주병진 토크 콘서트〉에 합류하면서 진행하던 〈6시 뉴스 매거진〉에서 물러나게 되었다는 내용이지 뭔가. 기사를 본 사람들은 일명 낚시질임을 알았겠지만 제목만 무심히 훑고 지나간 이들은 최현정 아나운서가 억울한 일이라도 당했다고 여길 참이 아닌가.

부디 우리 모두가 '공업용'이라는 단어로 말미암아 일어났던 엄청난 피해를 교훈 삼아 각자 주의를 기울였으면 한다. 내 말과 글로 인해 누군가가 손톱 끝만큼이라도 아픔을 겪지 않도록 말이다.

이 말에 내 마음 움직였어

마음에서 가장 중요한 그 무엇

KBS2
〈상상플러스〉에서
정애리의 한마디

“ '다음에 다시 올게요'
라고 한 말 때문이었어요.”

　‘밝은 사회를 만들어 가는 사람’으로 대통령 표창을 받는 등 사회봉사에 헌신하는 것으로 유명한 탤런트 정애리는 “어떻게 봉사를 시작하게 되셨나요?”라는 질문에 이리 답을 했다.

　20년 전 노량진의 한 아동보호시설에서 드라마 촬영을 한 적이 있는데 “다시 오마.” 했던 게 마음에 걸려 얼마 후 다시 들르게 되었고, 그 인연이 지금까지 쭉 이어져 요즘도 매주 ‘성로원’이라는 곳을 찾고 있다는 것이다.

　20년간 한결같은 마음도 대단하다 싶고, 무엇보다 자신의 말에 책임질 줄 아는 그 자세가 더욱 감탄스럽다. 그녀의 모습을 보며 마음 한구석이 왜 이리 부끄럽던지. 친구의 여고동창생이니, 그녀는 분명 나와 동갑이다. 그녀가 연기자로 바쁘게 활동하는 와중에 봉사활동까지 하는 동안 나는 뭐하고 살았나 싶다.

　더구나 그녀의 딸은 TV를 보다 안타까운 사연이 소개되면 “엄마가 어떻게 좀 해봐.”라며 채근하듯 엄마를 바라본단다. 그만큼 자식이 자기 엄마를 믿는다는 얘기일 텐데, 내 자식들이 평생 한 번이라도 나를 그런 시선으로 바라봤나 생각하면 우울해질 지경이다.

　대체 연예인도 아닌 내가 뭐 바쁘답시고 봉사활동 한 번 변변히

이 말에 내 마음 움직였어

하지 못했던 걸까. 하릴없이 인터넷을 뒤적거리거나 이웃과 차 한 잔 마실 시간만 아꼈어도 됐을 텐데. 결국 밤새 뒤척이다 그다음 날 가까운 복지기관에서 봉사활동을 하기로 했지만, 이제 와서 나와 동갑인 연기자가 출연한 TV를 보고 그런 결정을 했다는 게 부끄럽기만 하다.

늘 언젠가 해야지 말만 앞세웠을 뿐 행동으로는 못 나간 셈이다. 그런 걸 보면 자선을 바탕으로 한 TV 오락 프로그램을 만들어보면 어떨까 하는 생각이 든다. 정말 도움을 받아야 할 사람들을 제외하고, 그래도 지금 이 땅에서 살고 있는 사람들 중 상당수는 조금이나마 자선활동을 하고 싶어 하리라 믿는다.

✳ ✳ ✳

수해처럼 국가적인 재해가 일어날 때마다 ARS 서비스를 통해 어김없이 엄청난 금액이 모금된다. 그걸 보면 다른 사람들도 나처럼 봉사활동을 실천할 기회를 좀처럼 못 잡는 것 같다.

하루에 만 원씩 모아 결혼기념일마다 365만 원을 '밥퍼 나눔 운동'에 기부해온 션·정혜영 부부도 하루에 천 원씩 모아 '천 원의 기적'을 이뤄보자고 호소하지 않았는가. 작더라도 한 번 시작하면 점점 커지는 것이 자선의 힘이요 기쁨일 것이다.

물론 과거 MBC 〈!느낌표〉에서 망막 기증운동을 벌여 상당한 성과를 거둔 적이 있었고, KBS 〈사랑의 리퀘스트〉에서는 인기 가수가 등장할 때마다 그들의 팬을 중심으로 경쟁하듯 모금액이 들어오는 훈훈한 사례도 있다. 하지만 단지 힘든 상황에 놓인 사람들을 돕자는 대의명분을 강조하는 것보다 자선 자체의 즐거움을 보여주는 프로그램이 있다면 더 좋지 않을까 하는 생각을 해본다.

과거 유재석이 한 예능 프로그램에서 땀을 뻘뻘 흘리며 독거노인들에게 줄 쌀을 나르다 감정에 북받쳐 눈물을 보인 적이 있다. 오락 프로그램에서 독한 말을 내뱉어 기억에 남는 것보다 진심을 다한 봉사로 재미와 감동을 주는 게 오히려 더 인상 깊은 일 아니겠나.

무조건 착한 방송을 하자는 것도, 수입이 많은 연예인이니 무조건 자선을 하라는 것도 아니다. 하지만 영화 홍보를 위해 출연한 배우가 촬영 당시 에피소드를 전하는 것보다는 김장훈, 션·정혜영 부부 같은 연예인이 '무릎팍 도사'에서 자선과 얽힌 에피소드를 이야기하는 게 더 신선하다.

그리고 누구 쇼핑몰이 얼마를 벌었네 하는 기사보다는 누가 얼마나 자선활동을 했는지 알려주는 기사가 여러 사람들에게 더 좋은 일임이 분명하다. 솔직히 홍보하는 배우보다 선행하는 배우의 말이 귀에 더 잘 들린다.

쓸쓸하게도 과거 많은 감동을 전달해 주던 〈!느낌표〉를 비롯한 유익한 프로그램이 다 폐지되고, 정말 어려운 이웃을 소개하며 ARS 기부를 권하는 프로그램은 심야로 밀려나 버렸다.

사람의 마음에서 가장 잃지 말아야 할 것 가운데 하나가 측은지심이 아닐까. 애틋하게 돌보고 싶은 마음이 있으면 싸움을 열 번도더 피해갈 수 있고, 쉽게 약속을 저버리지도 않을 것이다.

어느 CF에서 'TALK PLAY LOVE'가 인생의 가장 중요한 3요소라고 하던데, 정말 생각할수록 맞는 말이다. 'LOVE(자선)'를 TV에서 'TALK' 해주면 나 같은 일반 시청자들도 자선을 'PLAY' 할 수있을 테니까.

꿈 전도사
김수영에게 답하다

SBS 〈SBS스페셜〉
'나는 산다–김수영의
꿈의 파노라마'에서
김수영의 한마디

"뭔가를 할까 말까 기로에 놓였을 때,
저는 '내가 만약 1년 후에 죽는다면 어떤 선택을 할까'라고
스스로에게 물어봐요.
그러면 남들 눈치 볼 시간이 없어요.
내가 하고 싶은 것만 해도 시간이 정말 부족하거든요.
인생은 한 번뿐이고 시간은 제한이 되어 있는데
저는 제한된 시간 안에서 제가 가진 모든 가능성에
도전해 보고 싶었던 것 같아요.
행복은 내가 뭘 원하는지를 알고 그걸 하는 거잖아요."

이 말에 내 마음 움직였어

지난해 겨울, 마침 크리스마스 날이었다. 이름 붙은 날이라는 게 그다지 의미가 없어진 나이인지라 집에서 한가로이 TV나 보고 있었는데, 화면 안에서 한 젊은 여성이 말을 걸어오는 게 아닌가.

"여러분은 어떤 꿈을 꾸고 계시나요?"

MBC LIFE 〈도전! 청년 스토리북〉에서 김수영이라는 또랑또랑하게 생긴 처자가 이런 질문을 던졌다. 내 꿈은 뭘까? 꿈이 있었다면 당장에 대답이 튀어나왔을 텐데, '그냥 자식 잘되고 부모님 건강하시고' 그 언저리에서 뱅뱅 맴돌 뿐이었다. 순간 갑자기 머리가 띵해왔다.

사람이든 뭐든 보고 싶다든지, 무언가 사고 싶다든지, 어딜 가고 싶다든지, 하다못해 먹고 싶은 것도 없었다. 바라는 것도 없고 해볼 마음조차 없다니, 참으로 심심하고 무미건조하기 짝이 없는 삶이지 뭔가.

한 해를 마무리할 즈음이어서인지 그날 그 질문 덕에 이런저런 생각으로 심란해했다. 그렇다고 해서 꿈을 찾아낸 것도 아니면서 그 질문은 내 머릿속을 떠나질 않았다. 단지 잠복해 있었던 거다.

반년이 지난 후 그녀가 다시 질문을 던지며 다가왔다. KBS2 〈이야기쇼 두드림〉과 SBS 〈SBS스페셜〉에 연이어 출연하며 나에게 또다시 '꿈꾸기'를 권해왔다. 스스로를 '꿈 전도사'라고 부르는 그녀는 '송충이는 솔잎을 먹고 살아야 한다'는 속담을 제일 싫어한단다.

한때는 술 담배를 일삼는가 하면 폭행 사건에도 연루되고, 가출을 세 번이나 했을 정도로 심각한 불량청소년이었던 그녀. 그러나 마음을 다잡은 후 실업계 최초로 골든벨을 울리고 연세대에 들어간 당찬 소녀로 성장했다. 졸업 후 골드만 삭스에 입사했을 땐 이젠 송충이, 솔잎 소리 안 듣고 안 하겠다고 생각했을 거다. 더 높은 꿈을 꾸리라 벅차올랐을 거다.

그런데 거기서 끝이 아니었으니, 25세라는 젊은 나이에 암 발병으로 죽음과 직면하고 만다. 다니던 직장을 그만두고 73가지 버킷리스트를 작성해 하나하나 실천해 나갔다. 그러고는 만나는 사람마다 꿈을 꿀 것과 더 나아가 꿈을 실천해 보라고 권하기 시작했다.

"누구나 생각은 똑같이 다 해요. 실천은 못하잖아요. 대부분의 사람들은. 저는 그냥 해요. 인생이라는 건 지금이 더 중요하다고 생각하기 때문에 저지를 수 있는 것 같아요."

꿈을 하나하나 이뤄나가다 보니 마치 이 세상이 꿈을 이루기 위한 무대처럼 생각되기 시작했다고. 그렇다고 해서 그녀가 벌이는

이 말에 내 마음 움직였어

일들이 결코 무모하거나 이기적인 것들은 아니다.

　그녀의 꿈 리스트 중에는 고향의 부모님께 작은 집을 지어드리는 것도 포함되어 있었다. 그래서 무식할 정도로 열심히 모은 1억 원이라는 돈을 탈탈 털어 부모님께 집을 선물했다. 너무나 속을 썩여 부모님 가슴을 아프게 했던 지난날을 그렇게라도 보상해 드리고 싶었다고 한다.

✳ ✳ ✳

　비싼 옷이나 화장품에 돈을 쓰는 건 아깝지만, 하고 싶은 여행이나 체험을 위해서는 돈을 아끼지 않는다는 그녀는 다니던 영국 회사에 사직서를 내고 1년간 '꿈의 여행'에 나섰다. '엄마 성지순례 시켜드리기'는 그녀의 서른여덟 번째 꿈. 로마 광장에서 감격과 회한이 교차하는 눈물을 흘리는 그녀의 어머니를 보고 있노라니 가슴이 한쪽이 뜨끔했다. 그녀의 꿈은 그녀 자신만을 위한 꿈이 아니었다. 어머니의 꿈을 이뤄드리는 것도 그녀의 꿈 중 하나였다.

　뿐만 아니라 사람들이 어떤 꿈을 꾸는지 알고 느끼고 싶고, 그 영감을 많은 이들과 나누고 싶어서 1년 동안 365명의 꿈을 인터뷰해서 기록했다.

　공공기관에서 서양음악을 연주하는 것이 법으로 금지되어 있는 이란에서 기타를 치며 음악을 하는 한 청년은 "저의 꿈은 음악으로 세상을 더 나은 곳으로 만드는 사람이 되는 겁니다. 세계 각 지

141

역을 음악으로 조화시켜 우리는 하나라는 것을 보여주고 싶어요."
라고 했다. 불가능하지 싶은 꿈이건만 자신의 꿈을 애기하는 이란
청년의 어조는 또박또박 힘이 있었다.

김수영을 멘토로 삼아 말 더듬는 버릇을 고칠 수 있었다는 한 청
년은 불행에 처해 있음에도 꿈을 잃지 않았던 김수영을 보며 꿈을
찾고 실천해 왔다고 말한다.

〈SBS스페셜〉 '나는 산다 ‒ 김수영의 꿈의 파노라마' 마지막 장
면에서 김수영이 다시금 물었다.

"당신의 꿈은 무엇입니까?"

꿈과 무관할 것 같은 중년 여성인 나도 간신히 답을 생각해냈다.

"누군가에게 도움이 되는 사람이 되고 싶습니다."

그렇게 답할 수 있다면 그걸로 희망이 되는 게 아닐까?

이 말에 내 마음 움직였어

청각장애인 1호 프로야구선수의 탄생을 기원하며

MBC 〈MBC 스페셜〉
'충주 성심학교
야구부' 편에서

"비장애인과 경기를 한다고 하면
일단 긴장해서 방망이가 안 나가요.
파울을 하더라도 방망이가 나가잖아요.
그럼 우린 그걸 잘했다고 하는 거예요.
점수야 어떻게 되든지 때릴 수 있는 마음……"

　　　MBC 〈MBC 스페셜〉 '충주 성심학교 야구부'는 1승을 향한 전국 53위 꼴찌의 고군분투, 그 1년이 고스란히 담긴 가슴 뭉클한 기록이었다.

　'충주 성심학교 야구단'의 창단 이래 첫 번째 승리는 2009년 KBS2 〈천하무적 토요일〉 '천하무적 야구단'과의 경기. 9대10으로 아슬아슬하게 이겨 1일 감독이었던 추신수 선수와 얼싸안으며 기쁨을 나누던 감격의 순간이 엊그제 같다.

　그런데 시간이 꽤 흘렀지만 아직도 공식대회에서의 1승은 없는 상황. 다행인 건 2011년부터 단 한 번의 경기로 예선 탈락을 결정짓는 게 아니라는 것. 예년과는 달리 2011년부터 전국대회가 주말 리그로 바뀌면서 12번의 경기를 치를 수 있게 되었고, 따라서 1승을 이룰 기회도 늘었다.

　그러나 하필 첫 상대는 2009년 봉황대기 전국고교야구대회 우승에 빛나는 최강 천안북일고. 워낙 강도 높은 맹훈을 펼쳐왔던지라 혹시나 하는 기대를 품었지만, 1번 타자부터 3번 타자까지 내리 삼진 아웃을 당하는 통에 첫 공격은 4분여 만에 맥없이 끝이 났다.

　덕아웃의 감독과 교사들 못지않게 지켜보는 내 가슴도 무너져

이 말에 내 마음 움직였어

내렸다. 이 아이들은 태어날 때부터 소리 없는 세상에서 살아왔다. 들리지 않으니 남들보다 몇 배는 더 집중해서 봐야 하고, 오직 보는 것만 이해하고 느낄 수 있는 아이들이다. 그 아이들이 부디 1승이라도 하길 바라고 또 간절히 바라는 마음이었다.

투수 양인하 선수는 '천하무적 야구단'과의 경기 때는 내야를 맡았는데, 어느새 부쩍 성장해 마운드를 지키고 있었다. 양인하 선수가 한 번씩 스트라이크존에 공을 꽂아 넣을 때마다 관중석의 교장 수녀님과 매니저 선생님은 어린애처럼 박수를 치며 환호했다. 외야수가 공 하나 잡아냈다고 좋아하는가 하면, 6회로 넘어가게 되었다고 뛸 듯이 기뻐하는 모습도 보였다. 5회 콜드게임이 아닌 6회를 맞은 일이 2003년 창단 이후 처음이라니 왜 아니 반가울까.

점수야 어찌 됐든 부디 안타 하나만 날려주길, 설사 파울일지라도 방망이라도 한 번 시원하게 휘두르길 두 사람은 기도하고 있었다. 비장애인과의 경기는 이들에게 크나큰 긴장이다. 그걸 극복하길 간절히 비는 마음인 것이다.

하지만 첫 게임은 6회 말 콜드게임 패. 그렇다 해도 여느 팀처럼 침통해하지는 않았다. 더디지만 한 걸음 나아갔다는 사실에 모두가 흐뭇해하고 있었다. 그런 교장 수녀님이지만 부임 당시만 해도 야구부를 해체하려 했다고. 그런데 21대1로 크게 패하는 광경을 목격한 후 마음을 바꾸었단다. 지는 걸, 잘 못하는 걸 당연히 여기는 분위기에 분노했던 거다.

아이들에게 승리가 얼마나 짜릿한 감정인지 맛보게 해주고 싶었던 교장 수녀님은 대대적인 야구팀 재정비에 나섰다. 아이들을 내 자식처럼 헌신해 보살피는 매니저 선생님과 야구부장 선생님이 투입된 덕에 아이들의 환경은 훨씬 나아졌다.

그때부터 교장 수녀님은 한 달에 한 번은 야구부를 위해 직접 앞치마를 둘렀다. 경기가 끝나면 상대편 선수들은 부모님 인솔 아래 든든한 식사를 하러 몰려가는데, 성심학교 아이들은 오천 원짜리 김치찌개나 먹는 모습이 너무나 가슴 아파서 시작한 일이다.

전체 학생 중 80퍼센트는 결손가정, 그중 청각장애 부모가 30퍼센트나 되는 상황이니 부모들의 뒷바라지를 어찌 바라겠는가. 청각장애인 1호 프로야구선수가 되고 싶다는 야무진 목표를 세운 서길원 선수네만 해도 할머니부터 어머니, 당사자까지 3대가 모두 청각장애를 갖고 있다.

공부를 잘하건 못하건 충주성심학교 학생의 대다수는 졸업 후 공장 일용직 근로자의 길을 걷는다고 한다. 그래서인지 삶의 목표가 불분명한 아이들은 늘 기가 죽어 있고 매사 수동적이기만 했다.

그런데 야구를 하면 삶을 대하는 자세가 진취적으로 바뀐다는 사실을 발견했으니 그걸 안 이상 가만히 있을 교장 수녀님이 아니었다. 야구를 통해 어려움을 딛고 일어날 힘을 얻을 수 있게, 피땀

흘린 고통의 대가를 알아감으로써 성취의 기쁨을 누릴 수 있게 도와주고 싶었던 것.

✳ ✳ ✳

파울 하나만 쳐도 만족해하던 아이들은 게임이 거듭되는 사이 제법 안타를 치고 번트를 대고 도루까지 성공시킬 수 있게 되었다. 그러다 차차 실력이 늘어 전국대회 후반기 첫 득점을 기록했을 때, 열 번째 전주고와의 경기에서 선취점을 올렸을 때는 나도 모르게 벌떡 일어나 박수를 쳤다. 당장에 경기장으로 뛰어들어 땀도 닦아주고 먹을 거 하나라도 살뜰히 챙겨주고 싶은 마음이 일었다.

결국 역전에는 아쉽게 실패하고 말았다. 하지만 구멍이었던 우익수 원진이의 생애 첫 다이빙 캐치, 그리고 꼭 이기고 싶었다며 승부욕을 보이기 시작한 준석이의 눈물은 놀라웠다. 그토록 바라던 1승은 이루지 못한 채 전국대회는 끝났지만, 아이들이 거둔 수확은 1승에 못지않았다. 단 1루도 진출하지 못하던 아이들이 12점이라는 점수를 얻었고, 무엇보다 할 수 있다는 자신감을 얻었으니까.

야구를 통해 아이들을 성장시킨 박상수 감독님과 장명희 교장 수녀님, 서문은경 매니저 선생님, 박정석 야구부장 선생님, 2년 전 약속을 잊지 않고 다시 찾아와준 추신수 선수. 이 모두에게 고맙다는 말을 꼭 전하고 싶다. 어른들의 진심이 아이들을 어떻게 바꿔놓을 수 있는지 분명히 보여줬고, 어른으로서 해야 할 일이 무엇인지도 생각해 보게 했다.

다시 시작될 '충주 성심학교 야구부'의 1승을 향한 도전이 반드시 이루어졌으면 좋겠다. 승리의 기쁨을 맛본다면 자신이 정녕 원치 않는 일들이 학교 밖에서 생긴다 하더라도 능히 이겨나갈 용기를 얻을 수 있지 않을까. 그리고 청각장애인 1호 프로야구선수의 탄생, 우리 모두 두 손 모아 기원해 주자. 길원이의 야무진 포부가 이뤄지는 날 우리는 더 행복한 야구를 보게 될 것 같다.

멘티를 춤추게 하는
멘토의 존댓말

MBC
〈위대한 탄생〉에서
전은진의 한마디

"마지막으로 멘토님께 꼭 하고 싶은 말이 있었는데요.
하나하나 가르쳐주실 때마다 열을 흡수하려는 제 의지와는 달리
하나도 제대로 못해 답답하게 만들어드려 너무 죄송했어요."

공일오비(015B)의 '이젠 안녕'. 이 노래를 우리가 살아오는 동안 얼마나 자주 들었을까? 온갖 모임의 대미를 장식하는 곡이며, 때론 음식점의 마감을 알리는 신호로 심심찮게 흘러나오는 곡이다. 그런데 나는 이 노래가 이렇게 가슴 뭉클한 감동을 줄 수 있는지, 이렇게 절절한 가사였는지 MBC 〈위대한 탄생〉 '윤상 멘토 스쿨'을 통해 비로소 알게 됐다.

'우리 처음 만났던 어색했던 그 표정 속에 서로 말 놓기가 어려워 망설였지만……'

멘티 김태극이 애써 감정을 절제해 가며 첫 소절을 부르는 순간 나 또한 덩달아 눈시울이 뜨거워졌다. 노래가 끝나고 멘토 윤상이 거수경례로 답하는 장면까지, 어쩌면 손발이 오글거릴 수도 있는 설정이었지만 스승과 제자들 사이에 오간 진심이 보는 나에게 고스란히 전해졌다.

예선 때만 해도 '윤상을 웃겨라'가 암암리에 존재했을 만큼 냉정함을 고수했던 윤상. 늘 무표정인데다 폐부를 찌르는 직설이 하도 차디차 제자가 되어 지도를 받기엔 어쩐지 두려운 멘토였다. 그래서 대부분의 참가자들이 외면하는 바람에 윤상의 멘토 스쿨은 오로지 윤상의 눈에만 들어온 멘티들로 구성된 자타가 공인하는 미운 오리새끼 팀이 되고 말았다.

이 팀이 엠티를 떠난다고 했을 때도 별 기대감이 없었던 게 사실이다. 대충 그려진 그림은 천지 분간을 못하는 개성 멘티 김태극과 개념 충만한 멘토 윤상 사이에 벌어질 충돌정도였다. 솔직히 김태극의 돌발 언행에 매번 반응했던 이승환이 아닌 웃음기 없는 냉정한 심사위원 윤상이 김태극을 제자로 받아들였다는 것 자체가 의외였다. 그래서 예능감이 있는 인물을 하나쯤 생존시키려는 제작진의 의도적 선택이 아닐까 하는 의심도 들었다.

하지만 예측과 달리 윤상 스쿨은 1기를 포함, 가장 풍성하고 속이 꽉 찬, 멘토 스쿨의 정답을 제시한 팀이 되었다. 어디로 튈지 모르는 개성청년 김태극을 진정성 어린 발라드를 부르게 만든 성과만 봐도 멘토의 존재 이유가 뚜렷이 증명이 된 터.

윤상 스쿨의 최대 장점은 존중과 배려다. 멘토 자신은 물론, 중간 평가 때의 성시경과 윤건, 최종 평가에 참여한 스윗소로우를 비롯한 열여섯 명의 심사위원 중 어느 한 사람도 멘티에게 반말을 사용하지 않았다는 점이 놀라웠다.

말투나 어조가 다가 아니었다. '어디 한번 잘하나 볼까?' 하는 심사가 아닌 멘티들의 노래를 진심으로 경청하는 눈빛과 표정에서 존중하려는 자세가 보였다.

사실 한 분야에서 전문성을 인정받는 사람들이 아마추어의 노래를 하나하나 귀담아듣기란 어려운 일이다. 그건 인격의 문제가 아니다. 전문가가 아마추어를 만나면 가르치고 싶은 건 본능이다. 그걸 절제하고 배려하는 태도로 노래를 듣는 것은 그 팀을 이끄는 좌장의 태도에 영향을 받아서가 아닐까 싶다. 윤상이라는 멘토가 가진 존중하는 태도를 같이 평가하는 사람들도 공유할 수밖에 없는 거다.

✳ ✳ ✳

우리나라에서는 서로 말을 놓기까지 양해라는 절차가 필요한 법이다. 나는 꽤 나이를 먹은 편이지만, 특히나 일로 만난 사이라면 말을 놓지 않는다. 그런데 이때껏 상대방에게서 '말 놓으세요'라는 제안을 받아본 적도 없다. 아무리 자기 어머니 연배라 할지라도 사회에 나온 이상 동등한 관계이길 모두가 바라더라는 얘기다. 이처럼 윗사람에게는 존중을 받길 바라면서도 한 살이라도 어리면 쉽게 말을 놓는 이들을 흔히 볼 수 있다.

나보다 경험이 적고 나이가 적다는 이유로 매사에 고압적인 태도로 가르치려고만 든다면 좋아할 후배가 어디 있겠는가. 특히 여자들의 '언니 문화'에서는 더욱 그렇다. 말을 함부로 한다고 해서 카리스마가 지켜지는 건 아니다.

가르쳐주는 사람이 교정하고 지적하는 걸 잘못하면 그건 무시가 되기 쉽다. 그 상황에서 존댓말로 존중의 태도를 전달하면 굉장한 효과를 거둔다. 저 사람이 나를 뭔가 더 좋게 만들려고 저런 말들을 하는구나, 하고 받아들이게 만들고 변화를 일으키는 뛰어난 기술이 바로 존댓말이다.

TV 프로그램에 등장하는 패널들도 누가 들으라는 건지는 모르겠지만 존댓말도 아니고 반말도 아닌 꼬리 잘린 말들을 쉽게 한다. 그 덕분(?)인지 아이나 어른이나 할 것 없이 말에 대한 조심성은 점점 사라져 간다. 사회 전체가 점점 더 경박해진다고나 할까. 그런 의미에서 나는 윤상이라는 멘토가 멘토 스쿨의 정답을 제시한 거나 다름없다고 생각한다.

아마도 〈위대한 탄생〉의 윤상 멘토 스쿨 참가자들은 존중받고 배려받는 분위기 속에서 음악적 자존감 같은 걸 느낄 수 있었으리라. 해도 안 되는 게 아니라 하면 될 수도 있겠다는 희망을 갖고 각자의 자리로 돌아가지 않았을까 싶다.

우리 같은 일반인들도 마찬가지이다. 슬쩍 흘리듯이 하는 반말, 그거 그렇게 좋은 거 아니다. 반듯하게 굴어서 나에게 해가 될 게 무에 있겠는가. 같은 사람이라도 말이 품위 있을 때 훨씬 더 근사해 보이는 건 사실이다.

秀Pearls와 고현정의
눈높이 조화

SBS 〈일요일이 좋다〉
'K팝스타'에서
심사위원들의 한마디

"네 명이 모이니까 한 명 한 명의 단점들이 오히려 커버가 됐어요.
바로 이런 거죠. 이럴 때 승주 양과 정미 양이 저희에게
캐스팅 대상이 되는 거예요." – 박진영

"저는 지민 양과 미쉘 양이 너무 세게만 부를까 걱정했는데
서로 하모니를 위해 조절을 잘한 것 같고,
아무튼 이 팀 너무 사랑해요!" – 보아

"목소리는 비슷비슷한 것 같았는데 비슷함 속에서도
한 사람도 뒤처지지 않고 잘 했어요." – 양현석

SBS 〈일요일이 좋다〉 'K팝 스타'에서 그간 주목을 받아온 이미쉘, 박지민과 그다지 관심을 받지 못했던 이정미, 이승주가 한 팀을 이뤄 도전한다고 했을 때 아마 대부분의 시청자가 보아와 똑같은 걱정을 했을 게다. 나 또한 여타 오디션 프로그램 팀별 미션 때 드러났던 불화와 또 한 번 맞닥뜨리게 되는 건 아닌지 우려했다. 어쩌면 부러질지언정 휘지는 않을 것 같은 이미쉘의 첫인상 때문일지도 모르겠다. 혹여 다른 팀원들을 가르치려 들면 어쩌나 걱정했다.

그러나 21세의 맏언니 이미쉘의 세심한 리드 하에 '秀Pearls'는 오디션 프로그램 사상 최고의 무대를 선보였다. 어떻게든 남보다 더 잘나 보이기 위해, 튀기 위해 애를 쓰는 게 아니라 서로 조화를 이뤄 함께 생존하는 현명함을, 그것도 아직 한참 나이 어린 친구들이 보여주었다는 사실이 참으로 대견하지 않나.

혼자가 아닌 '함께'라는, '秀Pearls'가 준 교훈은 이기주의가 판치는 이 시대를 살아가는 우리 모두가 가슴에 새겨야 옳을 덕목이지 싶다. 남의 아이야 어찌 되든 제 자식만 잘 키워 보겠다고, 저만 돈 벌어 보겠다고 온갖 수를 다 쓰는 어른들을 비롯해 날이 갈수록 흉흉하게 돌아가는 세상 얘기를 하자는 건 아니다. 암울하기 짝이 없는 정치판도 마찬가지고. 그저 대중에게 즐거움을 주는 연예계와 그들에게서 위안을 얻는 우리 끼리만이라도 함께 살아가는 지혜를 배워보면 어떨까 한다.

밴드나 그룹은 멤버 간의 조화가 생명이다. 요즘 한참 인기를 끌고 있는 공개 코미디나 리얼 버라이어티에서도 딱딱 맞아 떨어지는 호흡이 없으면 코너는 이내 빛을 잃을 수밖에 없다. 하물며 수많은 인력이 투입되는 영화나 드라마는 오죽할까.

연기자 천정명은 인터뷰 때 이런 말을 한 적이 있다.

"고현정 씨는 상대 배우를 잘 받쳐주는 연기자예요. 자신을 낮춤으로써 상대역을 올려주고, 그로써 두 사람 모두가 상승효과를 얻게 된다는 걸 잘 알고 있더라고요. 연기자끼리 인기를 두고 치열하게 경쟁하는 게 아니라 대중에게 인정받을 수 있도록 함께 한 걸음 한 걸음 나아갈 줄 아는 거예요."

연기자로서는 물론이요, 인간 고현정을 다시금 돌아보게 만드는 발언이었다. 그 말을 듣고 하나하나 되짚어 보니 고현정은 MBC 〈여우야 뭐하니〉로 만난 천정명은 물론 MBC 〈히트〉의 하정우, SBS 〈대물〉의 권상우까지 언제나 상대방의 매력을 찾아내고 끌어내는 연기력을 보여주었다. 뿐만 아니라 영화 〈여배우들〉에서도 악역을 자처해 가며 완성도를 높이지 않았던가.

이 말에 내 마음 움직였어

                              ✳ ✳ ✳

공중파부터 종편까지, 수많은 드라마들이 앞다투어 막을 올리고 있다. 그 속에서 상대방과 보조를 맞춰 걸음을 옮기는, 고현정을 닮은 연기자가 눈에 들어오는가 하면, 혼자 튀어보겠다고 과하게 애를 쓰는 연기자도 눈에 띈다. 콕 찍어서 말할 수는 없지만 모두가 정극을 찍고 있는 마당에 혼자만 시트콤을 찍고 있는 어이없는 경우도 있었다. 부디 스스로 깨닫고 상대방과 주변에 대한 배려를 찾아가길 바랄 뿐.

고현정은 여러 가지 상황을 겪으면서 배려하고 조화를 이루는 태도가 자신에게 오히려 득이라는 걸 깨달았을지도 모른다. 하지만 아마추어들끼리 오디션 보다가 본의가 아닌 타의로 결성이 된 '秀Pearls'는 좀 다르다. 작게 음을 쌓으면서 눈높이를 맞추는 그녀들의 태도는 대견함을 넘어 우리가 마땅히 배워야 할 지혜라고 해도 과언이 아니다.

혼자 잘한다고 해서 캐스팅이 되는 게 아니라는 것, 받쳐주는 역할의 중요함 같은 걸 알았는지 모르겠지만 그녀들은 최대한 상대방과 맞추려 애썼다. 그렇게 애쓰는데 어떻게 화음이 안 좋을 수 있으며 캐스팅이 안 될 수 있겠는가. 용 쓰되 제대로 용 쓴 거다. 이런 데 기운 써야 한다는 걸 기존 가수들이나 연기자들이 좀 알았으면 좋겠다.

어린 친구들의 조합인 '秀Pearls'를 보고 있자니 가슴이 희망으로 가득해지는 듯 뿌듯하고 훈훈했다. 나도 보아를 따라 수줍게 외쳤다. "사랑합니다, 秀Pearls!"

비록 그녀들이 모두 결선에 진출한 것은 아니지만, 나 같은 나이 든 사람도 기억할 수 있을 만큼 강한 인상을 남겼으니 이미 스타나 다름없다.

이 말에 내 마음 움직였어

사랑의 조건을
일곱 살짜리에게
배우다

"나 착한 여자 만나고 싶다."

최근 부는 오디션 열풍처럼 한때는 러브 버라이어티가 대세였다. MBC 〈강호동의 천생연분〉을 필두로 KBS2 〈좋은 사람 소개 시켜줘〉까지, 참으로 다양한 형태의 짝짓기 프로그램들이 우후죽순 등장했다. 그러나 늘 그렇듯 유행은 어느 결에 사라졌고, 근래에는 명절 특집 프로그램 외에는 이런 프로그램을 거의 보기 어려워졌다.

SBS 〈SBS 스페셜-짝〉도 파일럿 개념으로 제작되었다가 여자 출연자들의 출중한 외모가 화제가 되는 등 꽤 좋은 반응을 얻은 덕에 정규 편성된 케이스다. 그런데 왜일까? 파일럿 때보다는 기대 이하의 반응이었다. 이에 제작진도 당황스러웠는지 좀 더 공격적인 편집을 하기 시작했다.

일단 여자 출연자에 비해 눈길을 끌지 못한 남자 출연자들의 이른바 '스펙'을 강화하기 시작했다. '짝이 없는 것이 믿어지지 않는 남자들이 오고 있다'라는 오프닝 내레이션은 마치 선전포고와도 같았다.

외모는 필수, 재력과 학력을 두루 갖춘 남자들의 대거 투입이 시청자의 시선을 잡아끌리라 믿어 의심치 않았던 모양이다. 뭐, 다 좋다. 솔직히 외모를 비롯해 기본 조건을 무시할 수 있는 이가 어디 있을까. 인성이 가장 중요하다고 다들 생각은 하겠지만, 첫 대면에서야 속내를 알 길이 없으니 일단 가시적인 것들을 먼저 보여주기 시작한 거라 생각한다.

그러나 내가 아연실색했던 대목은 남자 출연자들의 스펙을 읊는 장면이 아니었다. '교수 아버지와 약사 어머니 사이에서 잘 자란 남자 2호', '제과회사 대표 아들 남자 4호', '도곡동에서 온 부잣집 아들 남자 6호', 이런 식으로 잘난 부모를 내세우는 데서였다. 동서고금을 통틀어 본인보다 부모를 앞세우는 남자치고 괜찮은 인물이 없다. 맞선 한두 번만 보면 다 알게 되는 사실이다. 부모가 어쩌고저쩌고하며 얘기를 시작하면 거부감부터 들기 마련이 아니던가.

이런 편집 덕분에 〈짝〉의 남자 출연자 몇몇은 시작도 해보기 전에 부모를 등에 업는 치명타와 함께 출발한 셈이 되고 말았다. 아니나 다를까, 인터넷 게시판이나 기사에도 '제과회사 대표 아들', '교수 아들'이라는 타이틀로 회자가 되었으니 아마 한동안 그 이름표를 떼기 어려웠을 거다.

게다가 리얼리티를 극대화시키려는 의도라고 해도 비호감 발언들을 여과 없이 내보내는 것은 과한 느낌이 들었다. 첫 만남부터 대놓고 연봉을 물어보는 장면, "차 없는 남자는 진짜 싫어. 그냥 뭐라도 끌고 나와야 해."라고 스스럼없이 말하는 여자 출연자들, 전화로 "혹시 직업은 뭐야? 의사 뭐 그런 사람 나왔어?"라고 묻는 여

* Theme Talk *

자 출연자의 모친, "제가 괜찮다고 한 여자가 저에게 별로라고 한 적이 거의 없어요."라는 자아도취 발언을 서슴지 않는 남자 출연 자까지.

매번 몇몇은 짝을 이루고 몇몇은 짝을 찾지 못하고 애정촌을 떠난다. 하지만 내레이션대로 그들의 사랑이 오랜 시간 지속되리 라는 생각은 결코 들지 않았다. 일반인들을 대상으로 한 공개 맞 선 프로그램이라는 게 그 뒤에 벌어질 일까지 책임지지는 않을 테니까.

✳ ✳ ✳

〈짝〉과는 달리 좋은 반응을 얻었던 또 다른 짝짓기 리얼리티 프 로그램이 있었다. tvN 〈레인보우〉. 사실 예닐곱 살 꼬마 여섯이 만 들어가는 이야기인 만큼 '짝짓기'라는 수식어를 붙이기에는 과한 감이 있긴 하다. '짝꿍 만들기'라는 표현이 더 옳겠는데 어쨌거나 어른들이 만드는 〈짝〉보다 현실적인 데다가 합리적이기까지 했다. 사실 처음엔 어린아이들에게 지나친 상처가 되는 게 아닐까 걱정 하면서 봤다.

하지만 생각해 보면 실제로 유치원에서도, 학교에서도 노상 벌 어지는 상황이다. 어리든 나이가 많든, 남녀가 함께 있는 곳이라면 언제 어디서나 일어나는 일일 테니까. 한 여자를 둘러싼 세 남자의 경쟁이나 눈에 보이지 않는 갈등과 반목은 〈짝〉과 다를 바 없었지만, 감탄해 마지않았던 조건이 하나 있었다.

일단 짝꿍이 정해지고 나면 한 커플당 선물을 한 개만 골라야 하는 미션이 주어지는 거였다. 아이들에게 갖고 싶은 장난감을 포기해야 한다는 게 얼마나 심각한 일인가! 누군가와 짝꿍을 이루기 위해서는 양보와 타협을 감수해야 한다는 사실을 프로그램을 통해 배우는 거다.

그리고 또 짝꿍이 되고 나면 하나로 이어진 커플장갑을 끼고 생활해야 한다는 제약을 두는 점도 흥미로웠다. 불편함을 견디지 못하고 장갑을 빼버린 남자아이, 그런 남자아이의 행동을 짝꿍이길 포기한 것으로 받아들인 여자아이는 서운함을 호소하며 울음을 터트렸다. 그 뒤를 잇는 남자아이의 "나 착한 여자 만나고 싶다."는 하소연은 보는 이로 하여금 웃음을 터뜨리게 만들었지만 말이다.

난데없이 연못 가운데에 여자 출연자의 소지품을 놓아두고는 용기가 있다면 차디찬 물속으로 뛰어들라고 요구했던 〈짝〉의 황당무계한 미션과 확연히 비교가 되었다. 누군기의 짝을 이뤄 지내려면 어쩔 수 없는 구속이 따른다는 사실을, 짝꿍=행복이 아니라는 사실을 깨우쳐주는 대목이지 않은가.

누군가와 짝꿍이 되기 위해선 자기 것을 과감히 포기할 줄도 알아야 한다는 가르침. 그것은 아이들이 자라서 사랑을 하거나 커플을 이루고자 할 때 작은 기준이 되어 주리란 생각이 든다.

그래서 〈레인보우〉는 청춘 남녀들의 맞선 프로그램 〈짝〉이나
MBC 〈우리 결혼했어요〉보다 훨씬 더 솔직하고 현실적이었다.

일반인들을 대상으로 프로그램을 제작한다면 그들에게 '상처'
보다는 '사랑의 깨달음'을 주기 위해 더 노력해야 하지 않을까. 계
속해서 '상처받은 ○번', '0표 굴욕의 혼자 먹는 도시락' 따위로 시
청자들에게 엿보기 심리만 자극한다면 오래도록 사랑받는 프로그
램으로 남기 어려울 것이다.

사랑의 조건은 '교수 아버지와 약사 어머니 사이에서 잘 자란 남
자 2호', '제과회사 대표 아들 남자 4호', '도곡동에서 온 부잣집 아
들 남자 6호'가 아니지 않나. 사랑의 조건은 먼저 양보하는 마음,
이어진 끈을 놓지 않겠다는 결심이어야 할 것이다.

이 말에 내 마음 움직였어

딸이 있어 행복한 엄마를 만들어주세요

OnStyle
〈Get it Beauty〉에서
딸 민아의 한마디

"엄마 오늘 많이 행복해하는 모습 볼 수 있어서 기뻤어.
엄마가 엄마여서 너무 좋아.
엄마의 베스트 프렌드 민아 올림."

"처녀 때 화장품 방문판매원이 적어준 그대로 지금 껏 화장을 하고 있어요."

OnStyle 〈Get it Beauty〉 '엄마와 딸이 모두 예뻐지는 뷰티 노하우' 편에서 한 어머니가 한 말이다. 허옇게 들뜬 일명 가부키 피부 표현, 진한 입술 라인에 무지개 아이섀도 등, 거리에서 흔히 마주치는 우리네 어머니들의 화장의 비밀(?)을 그제야 알 것 같았다. 그간 어머니들께 아무도 가르쳐주지 않았던 거다!

결점을 커버하려고 파운데이션을 계속 덧바르고 거기에 파우더까지 더하면 오히려 주름이 더 도드라져 보인다든지, 분을 바를 때는 눈 주변과 콧등은 피해야 피부가 한결 좋아 보인다든지 등등 젊은 여성에게는 상식인 메이크업 팁을 이제껏 어느 누구도 일러주지 않은 것이다.

한동안 누드 메이크업이나 내추럴 메이크업이 대세였건만, 더구나 색조 쪽은 놀라운 발전과 변화를 거듭해 왔건만, 그럼에도 어머니들의 화장은 여전히 한참 전 과거에 머물러 있다.

전문가의 도움으로 자연스러우면서도 화사하게 변신한 어머니를 보며 딸들이 했던 말이 생각난다. 우리가 하는 대로 엄마에게 해줬다면 우리 엄마도 예뻤을 텐데 하는 생각에 너무나 미안하다고. 어머니들은 이런 시간을 함께 해준 딸들이 고맙다며 눈물을 보였다. 꾸미는 데에 통 관심이 없는 줄만 알았던 어머니도 예뻐지고 싶어 하는, 똑같은 여자라는 걸 깨닫게 해준 시간이었다.

그리고 어버이날을 맞아 〈Get it Beauty〉는 또다시 '엄마와 함께 예뻐지기 2탄'을 준비했다. 얼마 전 치른 모녀 특집의 효과였을까. 자리를 함께한 어머니들의 화장이 한결 가벼워 보였다. 부담스럽던 새빨간 입술과 강한 눈썹 라인이 거의 자취를 감췄는가 하면 피부 표현도 다들 자연스러웠다.

방송을 시청한 딸들이 자기 어머니의 화장에 관심을 두기 시작한 결과이지 싶어 출연한 딸들을 다 내 딸인 양 흐뭇하게 바라보게 되었다.

그리고 '엄마가 쓰는 화장품과 딸이 쓰는 화장품이 다르다는 편견을 버려!'라는 캐치프레이즈 또한 어찌나 마음에 쏙 들던지. 같은 시대를 사는, 하물며 한 집에서 한 솥밥을 먹는 여자끼리 전혀 다른 화장을 해왔다는 게 애당초 말이 안 되는 일이었던 거다.

사실이 그렇지 않은가. 어머니들이 어디에서 트렌드에 맞는 화장법을 제대로 배울 수 있겠는가. 딸을 둔 어머니들이야 그나마 얻어 듣는 게 있겠지만, 아들만 있는 어머니들은 그조차도 어렵다.

심지어 색조 전문 브랜드가 있다는 걸 모르는 어머니들도 꽤 있었다. 안다고 해도 백화점 매장에서 젊은 처자들 사이에 끼어 앉아 시연을 받는다는 건 솔직히 민망한 일이다. 나도 마음만 굴뚝같을 뿐 엄두가 잘 나지 않았다. 아마 그래서 어머니들이 홈쇼핑에서 색조 화장 세트 상품을 그렇게들 구입하는 게 아닌가 하는 생각까지 들었다.

그러나 화장품을 잔뜩 들여놨다 해도 정작 본인의 얼굴형이나 피부색에 적합한 화장법은 알 수가 없다는 게 가장 큰 문제. 그런 고민을 토로하시는 분들께 〈Get it Beauty〉 시청을 권한다. 나 역시 〈Get it Beauty〉를 통해 배운 노하우가 꽤 많다. 그런데 이 프로그램이 이삼십 대 여성 대상이다 보니 나 같은 연배의 어머니들에게 효용적인 팁은 부족한 편이다. 일 년에 달랑 두 번은 너무 적으니 서너 달에 한 번쯤이라도 중년 여성에게 시간을 나눠주었으면 좋겠다.

한 푼이라도 아끼려는 뽀글뽀글 파마, 치마 아래로 드러난 판탈롱 스타킹, 사나워 보이는 눈썹 문신과 반짝이로 뒤덮인 꽃무늬 블라우스를 뒤에서 비웃기만 할 게 아니라 큰 돈 안들이고도 예뻐질 수 있는 방법들을 좀 알려주시면 좋겠다는 말이다.

지난 번 어머니와 함께 메이크 오버를 마친 민아 씨의 편지에 이런 대목이 있었다.

"엄마 오늘 많이 행복해하는 모습 볼 수 있어서 기뻤어. 엄마가 엄마여서 너무 좋아. 엄마의 베스트 프렌드 민아 올림."

며칠 동안 수많은 어버이날 특집 방송이 있었지만, 그중 가장 가슴 뭉클한 장면이었다. 그래서 나도 딸아이에게 말했다. "네가 내

이 말에 내 마음 움직였어

딸이어서 정말 좋아."라고. 바로 딸아이가 내게 〈Get it Beauty〉를 권했으니까.

✱ ✱ ✱

어버이날에 특별히 선물을 마련하고 좋은 식사를 대접하는 것도 좋지만, 평소 갑갑증을 풀어드리는 건 어떨까. 나이 들면 모르는 게 하루가 다르게 늘어만 가고 일단 배워두면 편하게 이용할 수 있는 신기술이 한두 가지가 아니다.

그런데 이걸 누구에게 물어보고 배우겠나. 스마트폰 사용법을 가르쳐 주는 학원이 있는 것도 아니고, 연예인도 아닌데 옷 입혀주는 코디네이터를 따로 둘 수도 없지 않은가. 매일 매일 어버이날 같은 마음으로 엄마 아빠에게 필요한 게 뭔지 생각해 본다면 가족 간의 불화가 웬 말인가 싶게 될 것 같다.

'엄마는 왜 그것도 못해', '엄마는 왜 옷을 그렇게 입고 나와' 라고 짜증내는 딸들에게 '엄마의 친구가 되어주고 스승이 되어주라' 라고 말하고 싶다.

어릴 때 이유식으로 씹는 법부터 가르쳤고, 항상 왼쪽과 오른쪽 신발을 제대로 신으라고 다시 신겨주던 부모가 아닌가. 이제 와서 부모가 나이를 먹었다고 '왜 이것도 못해!'를 외치는 사람은 어른이라고 하기에는 너무 부족하다. 성숙한 어른이 된다는 건 내 주변의 사람들을 잘 관찰해서 그들이 필요로 하는 걸 도와주는 조력자가 된다는 의미도 있으니까.

그런 의미에서 〈Get it Beauty〉의 '엄마와 함께 예뻐지기'는 부모님들에게 무엇을 해드려야 할 것인가를 가장 잘 보여준 예가 아닐까 싶다. 엄마와 딸이 예뻐지기 위해 뭔가를 열심히 보고 따라하는 장면은 아마도 아빠들이 제일 좋아하지 않을까.

호감은 사소한 데서 온다

MBC
〈무릎팍 도사〉에서
박정현의 한마디

"외국인들이 무릎팍도사를
'Kneecap Fortune Teller'라고 부르며
즐겨봐요."

날로 세계화로 치닫는 추세지만 여전히 우리나라에서는 우리나라 사람이 우리말을 잘 못하면 문제가 된다. 국적이 어디로 되어 있건, 지난 사연이 어떻건 한국인의 피가 흐르는 이상 우리나라 말을 정확하게 잘하는 게 마땅하고 옳은 일이라 여긴다.

반면 우리말을 유창하게 구사하는 외국인에게는 호감도가 수직상승하기 마련이다. KBS2 〈미녀들의 수다〉를 통해 발군의 한국어 실력을 보인 따루나 크리스티나 같은 외국인들은 바로 그 점을 인정받아 타 방송에서 자주 모습을 보이기도 했다.

✷ ✷ ✷

가수 박정현은 R&B의 요정이라 불릴 만한 실력을 갖췄음에도 서툰 우리말과 발음으로 끊임없는 지적을 받아왔다. 한국에서 활동한 세월이 얼만데 아직도 우리말을 잘 못하냐는 눈총에 내내 시달렸다. 그녀는 한국말에 서툴 수밖에 없었던 이유를 MBC 〈황금어장〉 '무릎팍 도사'에서 솔직하게 털어났다.

처음 한국에 온 이래, 15년간 노력 끝에 이제는 우리말로 수다를 떨 정도가 되었지만, 솔직히 말하자면 지금도 영어가 훨씬 편하다는 박정현. 그녀가 우리말을 제대로 습득하지 못한 이유는 일단

이 말에 내 마음 움직였어

집안 사정 때문이었다. 간호사로 밤이고 낮이고 일을 할 수밖에 없었던 그녀의 어머니는 두 남매를 돌볼 시간 여유가 없었고, 한국인이 극히 드문 지역이어서 우리말을 가르쳐줄 사람도 아예 없었다고 한다. 더구나 학교에 동양인은 단 세 명, 그것도 한국인은 박정현과 동생뿐이었다니 우리말을 배울 기회가 있을 리 있나. 또 경상도 분이셨던 어머니는 혹여 아이들이 사투리를 쓰게 될까 봐 직접 우리말 가르치기를 꺼리셨다고. 지금이야 세월이 좋아져 사투리가 매력적으로 들리지만, 당시 분위기로 보자면 충분히 이해가 되는 대목이다.

그런데 눈여겨봐야 할 부분은, 미국 명문 컬럼비아 대에서 우등상을 받고 아이비리그 수재 클럽에 가입되어 있다는 그녀가 '무릎팍 도사'에 나와 영어를 거의 쓰지 않았다는 사실이다. 무의식중에 툭툭 튀어나올 법도 하건만 보통 사람들보다 영어 단어 사용에 더 신중을 기하더라는 얘기다. 오죽하면 박정현이 '김연아 선수가 발성 연습을 조금만 더하면'이라고 말하면 오히려 '기본적인 발성 트레이닝을 받으면'이라는 자막이 뜰 정도였겠나.

사용한 영어라고는 외국인들이 '무릎팍 도사'를 'Kneecap Fortune Teller'라고 부르며 즐겨본다는 일화를 전했을 때, 어릴 적 'Sleep over' 즉 파자마 파티에 가고 싶었다며 문화를 설명할 때 등 피치 못할 몇몇 상황뿐이었다. 그리고 강호동을 비롯한 MC들이 잘 알아듣지 못하는 눈치를 보이자 또박또박 짚어가며 단어에 대한 설명을 보태기도 했다. 그런 배려 깊은 모습이 참으로 지혜롭다는 생각이 들었다. 현명하게도 그녀는 15년의 세월을 보내는 사이 한국 사람이 바라는 인간미를 제대로 갖추게 된 것이다.

✳ ✳ ✳

흥미로운 건 '무릎팍 도사' 방송 하루 전날, SBS 〈강심장〉에서 MC 강호동이 또 다른 영어 사용자를 만났다는 것. 미국 뉴욕으로 건너가 가방 디자이너로 성공한, 한때 연기자이자 가수였던 이가 돌아와 12년 만에 예능에 모습을 보였다. 그녀의 성공 스토리도 인상적이었지만 시종일관 섞어 쓰는 영어 단어와 '뭔 소리래?' 하는 어리둥절한 표정의 강호동도 관전의 재미였다.

워낙 외국어를 많이 사용하는 패션계라고는 하지만 인명을 입에 올릴 때도 어찌나 발음 실력을 발휘하는지 또 다른 MC 이승기가 일일이 다시 한 번씩 짚어줘야 할 정도였다.

"스타일리스트는 옷을 pick up 하고 drop off 하고 pick up 하고 drop off 하고, 그게 일이에요." 하고 그녀가 말하니 이승기가 "아 옷을 가져오고 또 갖다 놓고." 이런 식으로 말이 이어지는 거다.

✳ ✳ ✳

두 사람 다 미국 생활을 오래했고, 한국어보다는 영어가 더 편할 수 있다. 연예인뿐만 아니라 일반인 가운데도 외국 생활을 오래 해

174

서 영어가 더 편한 사람이 많다. 그런데 우리가 그들이 쓰는 영어를 어디 편하게 받아들일 수 있나. 제2의 모국어라고 부를 정도로 영어교육을 받지만 못 알아듣는 사람이 더 많다.

목적이 무엇이든 간에 듣는 사람들을 불편하게 하면서까지 영어를 섞어가며 전달하려는 바가 무엇인지, 영어 쓰는 사람들이 생각해 봤으면 한다. 이제 영어를 하는 게 자랑인 시절은 지나가지 않았나. 특히 연예계에서는 외국어를 집중트레이닝 받는 게 필수 코스처럼 되어버렸다. 그 흔하디흔한 영어를 자랑스레 늘어놓다 보면 오히려 밉상으로 보이기 쉽다. 영어가 아닌 제대로 된 한국어로 정중하게 말하는 사람이 더 품격 있어 보이는 공식적인 자리가 많다.

어쨌거나 한국말과 한국생활에 익숙해지고자 애를 써온 박정현과 혈혈단신 뉴욕으로 건너가 성공한 그녀. 누가 더 성공했는지 비교할 필요는 없지만, 사람의 마음을 얻은 점에서만큼은 박정현이 승자이지 싶다.

후회 대신
사과를 택하기

MBC 〈황금어장〉
'라디오스타'에서
최민수의 한마디

"억울한 건 내 사정이고
노인과 관련된 거면 무조건 잘못한 거예요.
우리 아이들 얼굴이 떠올랐어요.
그래서 무릎을 꿇은 거예요."

사람은 누구나 떠올리고 싶지 않은 기억들이 있다. 고개를 흔들어 떨쳐버리고 싶은, 얼굴이 화끈거리는 기억의 태반은 욱하는 마음을 다스리지 못해 저지른 돌발적인 사고들이다.

나 역시 지금 생각하면 '미쳤던 거지' 싶을 정도로 누군가에게 무례했던 적도 있고, 내 기분이 나쁘다고 턱없이 남에게 감정의 파편을 튀긴 적도 있었다.

그 기억들이 단순히 민망한 단계를 넘어 부끄럽기 짝이 없는 기억으로 남아 있는 건 바로 '사과'라는 절차가 없었기 때문일 게다. 사과를 해야 할 대상에게 제대로 된 사과를 했다면 이처럼 마음 한켠에 지워지지 않는 얼룩으로 남아 있을 리는 없으니까.

이런 잊고 싶은 기억들이 나와 몇몇 사람의 머릿속에만 남아 있다면 그나마 다행이다. 그러나 TV 속에서 감정 절제를 못해 순간적인 실수를 저지르면 이내 영상 파일로 만들어져 확대 재생산되는 최악의 결과를 초래하고 만다.

KBS2 〈밴드 서바이벌 탑 밴드〉의 한 참가자도 탈락 통보 앞에 무례한 태도를 보여 비난을 샀는가 하면, Mnet 〈슈퍼스타 K3〉 첫 회 때 감정 조절에 실패한 한 여성의 도발은 하루 만에 온 인터넷을 도배하다시피 했다.

이럴 때 비난을 잠재우는 길은 그저 변명이 아닌 즉각적인 잘못 인정과 사과뿐이지 싶다. 애매모호한 태도를 취하면 결국 그 장면이 평생 꼬리표처럼 따라다닐 수밖에 없지 않겠는가.

시간이 흐른 후이긴 하지만 토크쇼에서 지난날의 과오를 털어놓고 진심으로 사과한 연예인들도 있었다. 가수이자 연기자인 이지훈은 SBS 〈강심장〉에서, MBC 〈반짝반짝 빛나는〉으로 인기몰이를 했던 김현주는 MBC 〈황금어장〉 '무릎팍 도사'를 통해 철없던 시절 저질렀던 오만불손한 행태들을 고백하고 사과했다.

극 전개가 마음에 들지 않는다고 자신이 맡은 캐릭터를 죽여줄 것을 요구했다는 이지훈, '내 중심으로 돌아가게 작품 좀 못 써주나?' 하는 어이없는 생각까지 했다는 김현주.

그간 떠도는 이야기가 아무리 무성했어도 본인이 진심 어린 사과를 하면 대중은 기꺼이 용서하고 받아들인다. 이해하면 오해는 풀리기 마련이니까.

✳ ✳ ✳

문제는 사과보다는 변명이 앞설 때다. KBS2 〈승승장구〉에서 어떤 배우는 MC 김승우가 과거 폭행 사건에 대해 질문하자 "후회라기보다 이젠 피하죠."라며 변명으로 일관된 답을 했다.

차마 못 할 일을 했다고 깔끔하게 사과했으면 좋았을 텐데, 피해자를 긁어 부스럼을 만든 속 좁은 사람으로 몰았다. 그 바람에 피해자가 트위터로 항의하는 상황이 발생했고, 또다시 설화에 휩싸여 적잖은 타격을 입었다.

한때 최대 이슈로 떠올랐던 KBS2 〈스파이 명월〉의 한예슬도 마찬가지다. 여주인공 잠적으로 인한 드라마 불방이라는 초유의 사태를 몰고 온 이 사건은 한예슬의 드라마 복귀로 일단락되긴 했다. 하지만 공항에서의 인터뷰는 사과보다 본인이 겪어온 고충을 토로하는 데 훨씬 많은 시간을 할애해 아쉬움을 남겼다.

"정말 많은 분들께 심려를 끼쳐 정말 죄송하고요."라고 말문을 열었으나 스스로를 '희생자'로 칭하며 울먹인 점은 공감을 사기 어려웠다. 열악하기로 따지자면 설마 여주인공의 처우가 현장 스태프들보다 더 나빴겠는가. 물론 촬영하는 동안 억장이 무너질 일이 허다했으니 그런 극단의 선택을 했을 것이다. 그러나 그 자리만큼은 항변이 아니라, 폐를 끼친 여러 사람들에게 제대로 된 사과를 하는 자리였어야 한다는 생각이 들었다.

✳ ✳ ✳

이런 상황들을 볼 때면 노인 폭행 사건 연루 당시 무조건 무릎 꿇고 머리를 조아리며 사과부터 했던 배우 최민수가 생각난다. 그는 결백했지만 연세 많은 어르신과 문제를 일으켰다는 자체가 도리에 어긋난다고 생각해 변명 없이 사과에 충실했다.

훗날 MBC 〈황금어장〉 '라디오스타'에서 MC인 김구라가 무죄로 다 입증되었는데 그때 왜 무릎을 꿇고 사과했냐고 물었다. 최민수 왈, "억울한 건 내 사정이고 노인과 관련된 거면 무조건 잘못한 거예요. 우리 아이들 얼굴이 떠올랐어요. 그래서 무릎을 꿇은 거예요."라고 연유를 밝혔다. 잘잘못을 떠나 노인과 시시비비가 생긴 것 자체에 대한 사과였다니, 얼마나 올바른 자세인가.

그러나 사과에 소홀한 건 언론도 마찬가지였다. 앞다투어 폭행을 단정 짓고, 추측을 일삼던 언론들이 정정보도에는 왜 그리 느린 행보를 보이던지. 잘못된 보도였다고, 이미지로 먹고 사는 연예인의 얼굴에 먹칠을 해 미안하다고 솔직하게 사과를 했으면 얼마나 좋았느냔 말이다.

왜 우리는 다들 자신의 잘못을 시인하고 사과하는 데 그리 서툰지. 어떨 때는 전화를 잘못 걸고도 미안하다는 말 한마디 없이 뚝 끊어버리는 경우가 아직도 있다. 미안하다고 말하면 지는 거라고 학교에서 가르친 것도 아닌데 이상하게 사과하는 법은 잘못 익히고 나이를 먹어간다.

누누이 말하지만 실수는 누구라도 할 수 있는 일이다. 중요한 건 '사과하는 것'이다. 상대방이 기꺼이 가납할 수 있게, 진심을 다해 확실하게 사과한다면 실수를 만회할 길은 반드시 있다.

* Theme Talk *

여심을 '혹'하게 만드는 방송의 함정

MBC
〈TV특종 놀라운 세상〉
'시크릿특종'에서

"대한민국 성인여성들의 필수, 명품.
그 귀하신 몸에도 비밀이 숨어 있었으니.
명품의 원가는 단돈 3만 원"

"진품과 구별이 안 되는 명품 카피 가방이 생겼는데 어쩌죠?" 누군가가 인터넷 게시판에 이런 질문을 올린다면 순식간에 댓글 전쟁이 일지 않을까? 비닐 가방을 들지언정 자존심을 팔 수 없다는 사람, 아무도 눈치 채지 못한다면 기꺼이 들겠다는 사람, 진짜든 가짜든 가방이면 땡큐지 뭘 그리 까다롭게 구느냐는 사람, 양심불량이라며 분연히 떨치고 나선 사람들까지. 아마 갖가지 다양한 의견이 오가며 갑론을박을 벌이지 싶다.

나라면? 고백하건데 아마 한동안 망설일 것 같다. 명품 카피제품이 MP3 불법다운로드처럼 불법이라는 걸 잘 알긴 해도 과연 독립투사라도 된 양 당당히 폐기처분할 수 있을지, 부끄럽지만 자신이 없다.

언젠가 명품 카피, 이른바 '짝퉁' 제작 판매 실태가 방송된 적이 있다. 우리나라가 세계 최고의 위조품 수출국이자 소비국이라는 불명예를 안고 있으며, 급기야 고유브랜드 개발 의욕저하까지 초래해 사회적으로 큰 문제라는 요지의 방송이었다.

그러나 어이없게도 방송이 끝난 뒤의 반응은 국가위상의 실추나 선진국들의 질타에 대한 우려가 아니라 "저런 제품은 대체 어디가면 살 수 있는 것이냐?"였다. 백화점 매장의 직원조차 가품임을 전혀 알아채지 못했다거나, 명품 감별의 달인이라 할 만한 전문 수선인들도 고개를 갸웃거렸다는둥 정교하게 잘 만들어진 제품을 강조하는 데에 지나치게 많은 시간을 할애했기 때문이다. 잘만 하면 반의반도 안 되는 가격으로 진품이나 다름없는 가품을 살 수 있다는 걸 오히려 방송이 알려준 격이다. 공영방송이 나처럼 '불법'에 쉽게 유혹되는 시청자의 마음을 잡아주기는커녕 구매를 부추긴 건 아닌지.

✳ ✳ ✳

MBC 〈TV특종 놀라운 세상〉의 한 코너 '시크릿특종'에서도 '명품 가격 어떻게 생각하십니까?'라는 타이틀로 명품의 가치를 집중 취재했다. '장인의 한결같은 바느질'과 '대중의 사랑을 받는 세련된 디자인'을 제외한 순수한 제작비는 불과 몇 만 원이라는 사실을 밝혀냈다. 프로그램 제작진이 이를 입증하고자 달랑 3만 5천 원을 들여 직접 L사 카피 가방을 만들었는데 어지간한 전문가들도 진위를 쉽게 가려내지 못할 수준이었으니 과연 특종이긴 했다. 그러나 터무니없이 높게 측정된 명품 가격에 대한 개탄하기보다는 가방 만든 이를 수소문하는 시청자들도 있었는지라 이 역시 주객이 전도된 결과라 할밖에.

'젊어지는 1억 원짜리 마법의 주사'의 실체를 추적했을 때도 마찬가지였다. 'VVIP 성형'이니 '줄기세포성형'이니 하는 초고가의

183

성형이 딱히 검증은 되지 않았어도 확실히 효과가 있긴 하더라는 인터뷰를 줄줄이 방송해 호기심만 가중시켰다.

브리트니 스피어스가 효과를 보았다는 말로 시청자를 불러 모았고, 1억2천만 원짜리 마법의 주사를 언급하면서 실제 효과를 봤다는 이들이 있다는 걸 더 강조했다. 마법의 다이어트 주사로 불리는 포스파티드콜린(PPC)이 원래는 간치료용으로 개발되었고, 의학적으로 아직 검증된 건 아니라고 밝혔지만 방점은 다른 데 찍은 게 아닌가.

운동과 식이요법으로 석 달 만에 15킬로그램을 감량했다는 연기자 최은주의 성공사례를 들어 다이어트엔 적절한 운동이 최고라고 누누이 강조했지만 이미 마법의 주사에 쏠린 시청자의 마음을 되돌리기엔 역부족이었다. 아니나 다를까, 다음 날 내가 만난 사람들은 죄다 "어제 그거 봤어?"하며 브리트니 주사의 놀라운 효험에 대해 얘기하고 있었다.

TV가 도덕교과서도 아닌데 항상 윤리적일 필요야 있겠나. 그러나 명색이 공영방송인만큼 적어도 공정하게 양쪽을 다 보여주려는 노력은 해야 한다. 그저 경고 메시지만 형식적으로 내보내면 되는 게 아니다. 제대로 된 정보를 알려주겠다는 취지를 앞세웠으면 적어도 시청자를 헷갈리게 만드는 편집 말고 다른 방식이 필요하다는 생각이 든다.

제발 본척 좀 하지 마시라구요!

요시모토 바나나의
〈하치의 마지막 연인〉
중에서

"진짜로 거짓말을 한 것보다 더 나쁜 것은
자기 생각으로 타인을 움직이려 하는 것이다."

TV를 보고 소감을 쓰는 일을 하다 보니 새로 시작하는 드라마가 있으면 주위 분들이 자꾸 묻는다. 어떻더냐고. 재미있으면 신바람이 나서 이러니저러니 얘길 하겠지만 반면 그렇지 못할 땐 '그저 그렇더라' 하고 대충 얼버무리기도 한다.

SBS 드라마 〈스타의 연인〉 때도 그랬다. 첫 방영 날짜가 송년회 즈음이라 꽤 많은 이들에게 질문을 받았으나 나는 매번 심드렁하게 '별로'라고 했다. 첫 회를 보다가 꾸벅꾸벅 졸다 결국 잠들어버렸으니까. 초반 내레이션이 어찌나 장황하고 지루하던지 통 몰입이 안 되는 데다 과하게 늘어놓는 일본 풍광으로 인해 반감마저 들었다.

최지우가 일본에서 '지우히메'로 불린다더니 "아예 내놓고 한류를 겨냥했구먼." 하고 내뱉기도 했다. 서점을 운영하는 소심한 남자와 세계적인 인기 여배우와의 극적인 사랑을 그린 영화 〈노팅힐〉에서 모티브를 따왔다지만, 〈스타의 연인〉이라는 제목을 듣는 순간 그 옛날 바브라 스트라이샌드 주연의 〈스타탄생〉이나 휘트니 휴스턴의 〈보디가드〉가 먼저 떠올랐다. 어째 어디서 본 듯한 이야기를 주워다 꿰맞춘 양 진부할 것만 같았다. 그러니 일단 선입견을 갖고 보기 시작한 셈이다.

그런데 웬걸, 방영 둘째 주엔 "아니, 이거 의외로 괜찮네?" 싶어지더니 그 다음 주가 되니 다음 회를 손꼽아 기다리는 열혈 팬으로 변신하게 됐다. 늘 온순하고 어른스러운 역만 맡아 답답해 보이던 최지우가 〈스타의 연인〉에선 애교 넘치고 의외의 도발적인 모습을 보여주는데 그게 꽤 잘 어울렸다. 더구나 상대 배우 유지태와 벌이는 간질간질한 애정신이 아주 볼 만하지 뭔가. 초반의 지루함에서 이처럼 일변할 줄이야! 어쩌면 내가 워낙 로맨틱 코미디를 좋아하기 때문일 수도 있다. 로맨틱 코미디를 그리 좋아하지 않은 이들에겐 볼 만하지 않았을 수도 있다는 얘기다.

어쨌거나, 무려 십여 명은 족히 넘을 이들에게 "그저 그렇다."라고 말하고 다녔으니 이를 어쩌누. 할 수 없이 일일이 전화를 해 사정을 설명했다. 그런데 아뿔싸, 내 말을 듣고 아예 볼 생각조차 안 했다는 이들이 여럿 있다는 걸 알고 놀랐다. 부디 다시보기로 처음부터 봐주십사 했지만 이제 와 아무리 내가 놓치면 후회할 드라마라 설득한들 이미 한참 진도 나간 드라마를 굳이 다시 보기 시작할 이가 몇이나 되겠나. 주위 분들이기에 그나마 수습이 되었지만약 한두 회를 보고 어디다 글이라도 썼다면 어쩔 뻔했나 모골이 송연해질 지경이었다.

그리고 소감을 쓰는 일에 대해 다시 한 번 진지하게 생각해 보게 됐다. 흔히들 좋으면 좋다, 싫으면 싫다, 솔직하게 쓰면 된다 생각하는 것 같다. 글을 의뢰하는 분들도 "그냥 느낀 걸 솔직하게 써

주시면 되요."라고들 하니까. 그런데 이 '솔직'이라는 부분이 얼마나 신뢰할 수 있는지가 관건이 아닐는지. 제대로 보지 않고 주마간산처럼 스쳐 본 후 솔직하기만 하면 뭐하나 말이다. 때로 좋아하는 영화나 드라마를 다시 보다가 그때껏 알아채지 못했던 부분을 발견하고 신기해할 때가 있다. 또 작가나 연출의 의도를 내가 잘못 해석했다는 걸 깨달을 때도 있다.

마음에 드는 작품도 그러할진대 마뜩치 않은 작품에선 그냥 흘려 지나쳐버린 부분이 오죽 많겠나. 설렁설렁 한두 회만 보고 드라마 전체를 논한다는 게 얼마나 위험한 일인가. 실제로 졸며 넘긴 〈스타의 연인〉의 앞부분이 궁금해 다시보기로 봤더니 그토록 지루했던 내레이션은 주인공들의 어린 시절에 관한 친절한 설명이었고, 일본홍보동영상이지 싶어 거부감을 갖고 봤던 영상들은 마냥 아름다운 풍경으로 다시 다가왔다. 애정을 갖고 뭔가를 본다는 것과 애정이 없이 본다는 것의 차이가 이토록 클 줄이야.

✳ ✳ ✳

허나 한편으로 생각하면 애정을 갖고 뭔가를 본다는 것도 상대적으로 위험할 수 있다는 생각이 든다. '편애'의 함정이란 게 얼마나 무서운지 익히 알고 있으니까. 그러니 소감을 쓴다는 것이 얼마나 어려운 일인지. 그저 솔직하게 느낀 대로 써버리는 게 능사는 아닌 것이다.

이 말에 내 마음 움직였어

일단 책임감을 갖고 꼼꼼하게 작품을 봐야 하는 건 물론, 한편으로 치우치지 않으려는 노력이 필수겠지만 혹여 균형을 잃은 듯싶으면 분명히 밝혀두어야 할 게다. '내가 본래 이 배우의 광팬이니 감안하시라'라는 식으로. 또한 마음에 차지 않아 보지 않았다면 제대로 보지 않았다는 말도 반드시 덧붙여야 옳다.

40퍼센트에 달하는 경의적인 시청률을 올린 이른바 울트라특급 막장드라마 KBS 〈너는 내 운명〉은 방영 기간 내내 비난의 글이 수도 없이 쏟아졌다. 하지만 대부분의 글이 천편일률 엇비슷했다. 비록 드라마가 감당하기 어렵게 말도 안 되는 이야기이긴 했지만 비난이란 걸 하려면 웬만치 본 다음 해야 하지 않을까? 피치 못해 글을 써야 했다면 차마 볼 수 없어 안 봤다는 말 정도는 하자는 거다. 제발 본 '척' 좀 하지 마시라구요!

요시모토 바나나의 〈하치의 마지막 연인〉에 이런 구절이 있다. "진짜로 거짓말을 한 것보다 더 나쁜 것은, 자기 생각으로 타인을 움직이려 하는 것이다." 자기 마음에 들지 않는다 해서, 반대로 좋아한다 해서, 내 생각과 같아지도록 남에게 압박을 가하다니 얼마나 무서운 일인가. 알고 보면 별 의식 없이 이런 글을 쓰는 일들이 얼마나 많은지.

이 말에
내 마음
움직였어

Drama Talk

베토벤 바이러스 • 달콤한 나의 도시 • 그들이 사는 세상 • 엄마가 뿔났다
온에어 • 에덴의 동쪽 • 천일의 약속 • 넝쿨째 굴러온 당신
옥탑방왕세자 • 적도의 남자 • 더 킹 투하츠
추적자 THE CHASER • 신사의 품격

꿈은 이루는 게 아니라
그저 꾸는 것

"꿈? 그게 어떻게 니 꿈이야? 움직이질 않는데.
그건 별이지.
하늘에 떠 있는, 가질 수도 없는, 시도조차 못하는, 쳐다만 봐야 하는 별!
누가 지금 황당무계 별나라 얘기 하재?
꿈을 이루라는 소리가 아냐.
꾸기라도 해보라는 거야."

　　MBC 〈베토벤 바이러스〉에서 음악은 그저 꿈으로만 남겨두겠다는 제자 강건우(장근석 분)를 찾아간 강마에(김명민 분)는 이렇게 일침을 가한다. 솔직히 나는 건우가 별 희망이 없어 보이는 지휘자의 꿈을 접고 본업인 경찰로 돌아갔으면 하고 바라던 터라 강마에의 호통에 뜨끔했다.

　어느 날 문득 천재적 재능을 발견했다지만 이제껏 정규 음악교육을 단 한 번도 받아 본 일이 없는 건우가 편견과 차별로 가득한 이 세상을 어찌 이겨낼까 싶었다. 그래서 아쉽긴 해도 잘한 결정이라 응원하고픈 마음이었다. 아마 평범한 부모라면 대부분 그럴 것이다. 순탄한 길을 두고 가시밭길을 택하는 자식을 어느 부모가 그냥 두고 보겠나.

　　시에서 지원받은 3억 원을 9급 공무원이 사기를 당해 날리면서 MBC 드라마 〈베토벤 바이러스〉는 시작한다. 공연을 못하게 되면 3억 원이라는 어마어마한 돈을 물어내야 할 처지에 놓인 9급 공무원 두루미(이지아 분), 여기저기서 단원을 끌어 모아 공연을 하려고 하지만 공연비도 없는 공연에 전문 오케스트라 단원이 모일 리가 있나.

두루미는 주인집 아줌마, 어쩌다 알게 된 경찰, 날라리 여고생, 시립교향악단에서 은퇴한 노인 등으로 부랴부랴 오케스트라를 꾸린다. 여기에 고집불통 지휘자 강마에(김명민 분)가 등장하는 만화 같은 일이 벌어진다. 만화에서나 그렇지 현실에서 그런 구성과 이야기가 가능할 리 없다.

모인 단원들은 각자만의 사정으로 자신의 꿈을 접어버린 사람들. 턱없이 모자라는 이들이 꿈 때문에 다시 모였지만 그 끝은 불 보듯 훤한 게 아니겠나. 온갖 방해 공작과 자존심 엎어지는 일들이 부지기수 일어나고, 불화가 잦아지면서 '꿈꾸면 행복할 거'란 기대는 여지없이 무너진다. 고상할 것 같은 클래식에 되지도 않는 온갖 군상들의 집합이 이루어낸 이상한 오케스트라의 눈물겨운 화음. 이것이 베토벤 바이러스의 주축이다.

✳ ✳ ✳

"꿈을 이루라는 소리가 아냐. 꾸기라도 해보라는 거야."라는 강마에의 외침에 정신이 번쩍 든 건 비단 건우만은 아니었을 것이다. 강마에의 일침을 듣는 순간 꿈을 이룰 노력은커녕 꿔볼 생각조차 하지 않았던 나의 지난날, 그런 어미가 적극 개입해 온 내 아이들의 삶과 미래가 주마등처럼 스쳐갔다.

도대체 나의 꿈은 무엇이며 내 아이들의 꿈은 무엇이었던가. 이른바 아이들의 'SKY 입학'이라는 목표를 세워두고 그걸 마치 내

이 말에 내 마음 움직였어

꿈인 양 착각한 채 경주마처럼 달렸던 나도 딱하고, 자신의 꿈이 무엇인지 고민해 볼 여지도 없이 어미가 이끄는 대로 따라왔을 우리 아이들은 더 딱하다고 할밖에.

꿈, 이루고 싶고, 얻고 싶고, 갖고 싶은 것들. 사실 그게 이루어졌을 때는 상상했던 것만큼 기쁘지 않을 수 있다. 기쁘다 하더라도 기쁨이 그리 오래 가지 않을 수도 있다.

그래도 사람들은 끊임없이 새로운 꿈을 찾아 도전하고 노력한다. 그건 꿈이 주는 말할 수 없는 기쁨이 있기 때문이다. 꿈을 꾼다는 그 자체, 꿈을 꾸며 한 땀 한 땀 장인처럼 자신을 작품처럼 만들고 있는 기분, 그 아우라가 있기 때문이리라. 어쩌면 가장 안타까운 삶은 꿈을 꾸지 않는 삶인지도 모른다.

✳ ✳ ✳

지금껏 아이들에게 편안한 길을 안내해 왔다고 자부했는데, 강마에의 일침은 순간 수치심 쪽으로 나를 돌려세웠다. 더구나 아이들의 미래에 내 미래를 얹은 채 만족하며 살아왔다는 건 변명의 여지조차 없다. 아무리 평탄한 삶일지언정 무엇도 꿈꾸지 않고 무엇도 원하지 않는다면 과연 행복하다 할 수 있을까?

좋은 부모란 아이들에게 꿈을 꿀 수 있는 환경을 만들어주는 부모지 자기가 만들어놓은 꿈에 아이를 들어앉히는 부모가 아니라는 걸 이젠 안다.

195

과잉생산 시대에 태어나 부족함 없이 자라온 이십 대에게 꿈을 꾸라는 말은 그야말로 꿈꾸는 소리로 들릴지 모른다. 그러나 꿈은 멀리 있는 허황된 것이 아니다.

가장 가깝고 늘 생각했던 것이 꿈이 될 수도 있는 법. '욕구'를 떠올려 보면 의외로 쉽게 찾을 수도 있다. 먹고 싶은 욕구가 큰 사람은 요리에 관심이 있을 것이고, 놀고 싶은 사람은 놀 궁리부터 할 것이고, 예쁜 옷을 좋아하는 사람 옷에 관심이 많을 것이다.

자기의 가장 강한 욕구, 그것에서부터 꿈꾸는 일은 시작되는 게 아닐까? 뭐가 가장 갖고 싶은가? 무엇이 가장 하고 싶은가?

가족이라는 데
의미가 있어

SBS 드라마
〈달콤한 나의 도시〉
중에서

"재인이네 아빠한텐 여자가 많았고,
유희네 아빠는 놀랍도록 돈을 못 벌었다.
드라마 속 가족 같은 건
어디에도 없다."

이 시대를 살아가는 삼십 대 미혼 여성들의 일과 사랑을 그린 정이현의 소설 〈달콤한 나의 도시〉가 드라마로 만들어졌다.

주인공 은수(최강희 분)는 밥상에 앉기만 하면 매번 간이 맞느니 안 맞느니 트집을 잡으며 도끼눈이나 뜨고, 생활비를 20만 원 이상 한꺼번에 내놓은 적 없는 좁쌀영감 같은 아버지를 보며 이런 자조 섞인 독백을 한다. 친구네에 비하면 우리집은 그나마 양반이라며 스스로를 위안하는 것이다.

이렇듯 이 드라마 안에서 묘사되는 가족은 평일 저녁 일일연속극에 나오는 서로를 보듬고 아끼는 가족과는 거리가 멀다. 은수와 그녀의 친구들에게 가족은 든든한 울타리이기는커녕 그저 계륵과 같은 존재일 뿐이다.

은수는 물론, 부유한 가정에서 자라났으나 헤쳐 나갈 현실이 두려워 현실과 일찌감치 타협한 재인(진재영 분)에게도, 자신의 자아실현을 위해 과감히 직장에 사표를 던진 유희(문정희 분)에게도, 가족은 쓸데없는 간섭이나 하고 쉴 새 없이 부담만 주는 갑갑한 존재일 뿐이다.

이 말에 내 마음 움직였어

　　＊＊＊

　사실 이건 드라마에 나오는 상황만은 아니다. 사석에서든 불특정 다수를 상대로 한 웹에서든 가족의 필요성에 대한 얘기가 나오면 언제나 갑론을박이 벌어지기 마련이니까.

　예를 들면 "동생이 또 사고를 쳤어요. 처벌을 받을 것 같은데 어쩌죠? 도와줘야 하나요?"라는 질문이 올라오면 버릇이 되니 냉정하게 거절해라, 고생을 해봐야 정신을 차리지 않겠냐는 의견과 그래도 가족이고 핏줄인데 너무 야멸치게 굴지는 말라는 의견이 팽팽히 맞서곤 한다.

　그러다 종래는 도와주라는 의견을 낸 사람에게 바로 '당신이 평소 가족에게 민폐 끼치며 사는 스타일이 아니냐'고 몰아붙이는 웃지 못할 상황까지 벌어지고 만다. 사실 어느 쪽의 말이 옳다고도, 그르다고도 할 수 없다.

　친구나 남이라면 냉정이든 동정이든 선택이 가능하겠지만 혈연일 경우 그리 간단치가 않다. 두 사람만의 문제에 머무는 것이 아니라 자칫 가족 전체의 가슴에 앙금으로 남을 수도 있는 일이니까.

　역시 이럴 때는 역지사지를 대입해 보는 게 좋지 싶다. 나에게 홀로 감당 못할 일이 생겼을 때 내 가족이 어떻게 해줬으면 좋을지 한번 생각해 보는 거다. 여기에 나는 죽으면 죽었지 절대 그럴 일이 없다고 토를 달지는 말기를. 입찬소리를 했다가 그 말이 결국 부메랑이 되어 돌아오는 경험을 나 또한 숱하게 해봤기에 하는 얘기다.

나 하나는 잘 건사할 수 있다며 도도히 걷다가 흙탕물에 넘어졌다고 치자. 그때 스스로 일어나 수습할 수 있다면 그게 가장 최선이겠지만 그래도 손을 잡아 일으켜주고 수건이라도 찾아 내미는 사람이 있다면 그건 아마 가족 아니겠는가.

가족을 귀찮게 여기고 가족에게 노상 퉁명이나 부리는 〈달콤한 나의 도시〉의 처자들에게 해주고픈 말이 있다. 그대들이 어떤 실패를 하거나 어떤 잘못을 저지르더라도, 심지어 가족에게 등을 돌리더라도, 그럼에도 불구하고 그대들을 있는 그대로 받아줄 이들은 가족이라는 사실.

달콤한 사랑과 일이 삶의 전부라 여기는 그대들 같은 삼십 대 초반의 나이로서는 믿어지지도, 결코 믿고 싶지도 않겠지만 가족은 그렇다.

가족이라는 의미로 같이 쓰이는 '식구'라는 말만 봐도 그렇지 않나. '함께 살면서 끼니를 같이하는 사람'이라는 이유로 우리는 많은 것들을 감수한다. 왜? 같이 먹고 살아야 하니까.

밥을 나눠먹는 것은 단순한 관계 이상의 의미이다. 직장에서의 관계를 가장 극명하게 드러내는 행위가 뭔가. 바로 점심식사를 누구와 하냐는 거다. "아우, 난 개랑은 밥도 같이 먹기 싫어." 이런 소리, 한번쯤은 다들 해봤을 거다. 너무 불편한 존재여서 식구 같은 대접, 친근한 사이로 인식되기 싫은 거다.

이 가늘지만 끊을 수 없는 단단하고 질긴 끈으로 연결된 게 바로 가족이다. 시집을 가서도 처치 곤란한 문제가 생기면 제일 먼저 "엄마?" 하고 전화를 걸 거고, 밖에 나가 안 좋은 일이 조금이라도 생기면 얼른 집에 들어가서 쉬고 싶을 거다. 온갖 사람 꼴 보기 싫다 해도 결국 집이라는 매개체로 가족은 모여들기 마련이다.

그가 어떤 상황에 처해 있든, 어떤 불편함을 주든 가족이라면 좀 다른 색안경을 끼고 보면 좋지 않을까? 바로 '사랑과 긍정'이라는 색안경. 비록 오래 가지 않는다 하더라도 웃으면서 넘길 수 있는 일들이 더 많아질 거는 분명할 테니까.

뒤통수에
의연해야지

KBS2 드라마
〈그들이 사는 세상〉
중에서

"어머니가 말씀하셨다.
산다는 건 늘 뒤통수를 맞는 거라고.
인생이란 놈은 참으로 어처구니가 없어서
절대로 우리가 알게 앞통수를 치는 법이 없다고.
나만이 아니라 누구나 뒤통수를 맞는 거라고,
그러니 억울해 말라고.
어머니는 또 말씀하셨다. 그러니 다 별 일 아니라고.
하지만 그건 육십 인생을 산 어머니 말씀이고.
아직 너무도 젊은 우리는 모두 다 별 일이다.
젠장."

KBS2 드라마 〈그들이 사는 세상〉의 남자 주인공 지오(현빈 분)의 내레이션이다. 살다 보면 누구나 예기치 못한 삶의 뒤통수 한 방에 휘청거릴 때가 있다. 인생을 좌지우지할 중대사가 아니더라도, 사소한 뒤통수를 맞고 좌절하기도 한다. 때로는 사소한 뒤통수의 여진이 더 오래 남기도 하니까.

몇 년간 우여곡절 끝에 방송국 직장 동료에서 연인 사이로 발전한 지오와 준영(송혜교 분)은 모처럼 얻은 알토란같은 1박 2일의 휴가를 함께 보내기로 한다. 의논 끝에 그들은 영화를 두어 편 빌리고 주전부리를 잔뜩 장만해 여자의 오피스텔에서 내내 뒹굴거리기로 마음먹었다. 그러나 정작 그들이 도착했을 때 문을 열고 나온 건 뜻밖에도 여자의 어머니. 준영의 어머니가 친구들과 어울려 밤새 도박에 난장판을 벌여 놓았으니 젊은 연인의 살뜰한 계획은 한순간 물거품이 되고 말았다.

어머니의 속물근성을 사랑하는 사람에게 들키고 만 여자의 마음은 편치 않았다. 여자의 집안이 부유하다는 걸 그제야 눈치 챈 남자의 마음 또한 무거워진다. 넉넉하지 않은 농장 살림에 늘 쪼들리는 지오의 집안과 강남에 빌딩이 두 채씩이나 있는 준영의 집안. 이는 여자의 어머니뿐만 아니라 남자의 머릿속에서도 비교되기 시작했다.

그런가 하면 준영은 동네 사람들을 이끌고 방송국에 들이닥친 소탈한 지오의 부모님을 마냥 반길 수 없는 자기 자신을 못마땅해한다. 자신이 경멸해 마지않는 어머니의 속물근성을 고스란히 물려받은 듯해 자괴감에 빠진다.

둘만 있을 때는 밀고 당기며 툭탁거리는 일까지 꿈결 같던 사랑이 차차 현실과 마주하기 시작한 것이다. 꿈에도 예상치 못했던 현실, 한 사람을 만나고 사랑하고 결혼을 염두에 두게 된다는 건 하나의 거대 커뮤니티와 맞닥뜨릴 결심이 필요하다는 걸 그들은 비로소 깨닫게 된다.

✳ ✳ ✳

사랑을 시작할 때는 인식하지 못했던 많은 일이 뒤통수를 한 차례 맞고 나면 기다렸다는 듯 우후죽순처럼 솟아오른다. 삶의 뒤통수가 곧 현실이기에, 바로 그것이 인생이기에 그렇다. 누구나 맞는 뒤통수이니 억울해할 것 없다는 어머니의 말씀을 선선히 받아들이고 싶지 않은 지오지만, 그 또한 차차 시간이 흐르는 사이 깨닫게 될 것이다. 억울해하지 않는 편이, 그러려니 하고 넘기는 편이 백 번 낫다는 사실을.

그러나 지오의 말도 틀린 소리는 아니다. 억울해하지 않는다면,

이 말에 내 마음 움직였어

이내 팔자며 운명이려니 수긍한다면 그게 과연 젊음일까?

생각을 한번 해보자. 누구에게 뒤통수를 맞았다는 말인가. 오늘은 이제까지 살아온 시간에 대한 결과라는 말이 있다. 물론 이 시간의 결과물이 오롯이 내 결과물이냐는 항변도 가능하다. 내가 살아온 게 아니라 가족이나 타인들이 얽여서 생긴 거라고, 나는 이런 결과를 원하지 않았다고 그러니 뒤통수 좀 치지 말라고 말할 수도 있다.

하지만 뒤통수 친 사람들과의 관계에서 '나'라는 사람은 정말 아무 상관이 없었을까? 그들로부터 온전히 별개인 적은 없다. 어딘가 모르게 톱니처럼 정교하게 물려서 돌아가고 있는 원인과 결과가 있다.

뒤통수는 어쩌면 내가 돌린 앞 톱니에 뒤 톱니가 물려 들어온 것일지도 모른다. 뒤통수 맞았다고 쓸쓸해할 내 마음 속에 다른 물음표를 던져 보라.

'왜 여기까지 허용하게 되었을까?'

이 질문에 꼬리를 달다가 보면 뒤통수의 배경을 알게 될 것이다. 그러니 뒤통수 맞았다 할지라도 견뎌내 보는 힘이 필요하다. 그것을 견디다 보면 내 잘못이 아니라 설사 상대방 잘못이라 할지라도 매듭이 풀리게 되고, 그건 결국 내가 풀어준 매듭이 되니까. 못 할 거 뭐 있겠는가.

돈 쓰는 법은
따로 있다

KBS2 드라마
〈엄마가 뿔났다〉
중에서

"니가 달라는 돈은 그냥 부서지는 돈이구,
아까 그건 딱한 사람 돕는 거잖어.
돈이란 모으는 것도 중요하지만
의미 있게 쓰는 것도 중요해.
그냥 덮어놓고 모을 줄만 아는 건 돈의 노예,
돈의 가치를 모르는 거야."

이 말에 내 마음 움직였어

KBS2 〈엄마가 뿔났다〉가 오래도록 기억에서 지워지지 않는 드라마인 건 늙어가는 엄마에게 안식년을 주자는 남다른 소재도 소재였거니와 그 드라마가 보여준 소소한 일상들이 행복해 보여서였다. 소박한 사람들이 고만고만한 갈등을 풀어가는 방식이 공감이 갔고, 대통령이나 공주 같은 차원이 다른 인물들이 나오는 게 아니라서 부담스럽지 않았다. 아, 행복한 게 저런 거지 하는 생각을 절로 들게 했던 드라마였다.

아버지(백일섭 분)가 딱한 처지에 놓인 친구네 가족을 돕고자 아들(김정현 분)에게 돈 백만 원만 융통해 줄 수 있느냐 묻는다. 과거 보증을 잘못 서 낭패를 본 적도 있고 돈 빌려줬다 떼인 경력도 부지기수인 사람인지라 처(김혜자 분)에게는 차마 말을 꺼내볼 엄두도 못 내고, 그 친구 일로 이미 동생에게도 크게 신세를 져놓은 터라 그나마 만만하다 싶은 아들에게 청을 해보는 것이다.

그러나 경제권이 전적으로 아내(김나운 분)에게 있고, 자라며 아버지의 고질병으로 인한 분란을 숱하게 목도한 바 있는 아들은 "전 없는데요. 뭐에 쓰시려구요?"라며 슬며시 거절을 표한다. 그런데 놀랍게도 곁에서 듣고 있던 며느리가 말 떨어지기

✱ ✱ ✱

휴대전화 바꿔 달라, DVD 플레이어 하나 들여 놓자, 소소하니
이것저것 조를 적마다 번번이 쥐어박는 소리를 해온 아내인지라
대번에 통장을 들고 나서는 모습에 남편도 놀랐겠지만 보던 내가
더 놀랐다.

나는 오히려 시아버지의 속없이 넓은 오지랖을 두고 실쭉거릴
줄 알았다. 어릴 적 조실부모하고 외삼촌댁에 얹혀살며 온갖 고초
를 다 겪은 여자인지라 누구보다 돈에는 매섭지 싶었다. 그런데
"시아버님이 어려우실 때 도와준 어르신이라지 않느냐, 신세진 게
있으니 기회 있을 때 갚는 게 당연하다."라며 선선히 돈을 내주다
니. 그러고는 의아해하는 남편에게 '돈 제대로 쓰는 법'을 일러주
는 바로 그 대사가 가히 명언이다.

혈혈단신 제 한몸 간수하느라 악착같이 살아왔을 텐데 어찌 저
리 꼬인 구석 없이 지혜로울 수가 있나! 돈이라는 게 쓰기에 따라
서는 인격이라고 해도 틀린 말이 아니다.

사회생활을 시작하면 많은 부분 돈이 개입된다. 친구의 연봉과
내 연봉, 친구의 결혼과 내 결혼, 친구의 시댁이나 처가와 내 경우.
비교하고 비교당하며 안도하고 낙심하고 그러기를 몇 해 반복하

다 보면 자기 스타일이 나온다. 자연스럽게 소비 스타일이 엇비슷한 이와 가까이 지내기 마련이고.

인격에 황칠하는 경우도 당한다. 나이 든 사람들이야 위의 아버지처럼 보증이나 채무 관계 때문이라지만, 제 손으로 번 돈 제 손으로 쓰기 시작할 때에는 그런 큰 관계가 아니라 작은 돈을 지혜롭게 쓰지 못해 사이가 벌어질 때도 많다. 기꺼이 남을 위해 돈을 쓰고도 방식 때문에 욕을 먹는 경우도 허다하다. 그래서 사람들은 가까운 사람일수록 돈 거래는 절대 하지 말라는 충고를 많이 한다.

그런데 다급한 일이 생겼을 때 가까운 사람이 아니면 대체 어디서 돈을 융통한단 말인가. 야멸치게 거절하는 것이 능사만은 아니지 싶다. 딱한 사람이면 도와주는 마음으로, 신세 진 사람이면 신세 갚는 기분으로 해주면 안 되겠나. 서로가 수중에 돈이 없을 때엔 진심 어린 따뜻한 말 한마디도 부조가 될 수 있다.

〈엄마가 뿔났다〉의 가족 중엔 잘난 사람도 많았다. 변호사, 의사, 사모님 등등 돈 냄새가 물씬 풍기는 직업들은 죄다 나왔다. 그러나 내 보기엔 "딱한 사람 돕는 거잖아."라며 선뜻 돈을 해주겠다는 그 며느리가 제일 잘나 보였다.

착한 사람을
포기하지 마

"난 착한 사람 싫어요.
같이 있음 꼭 내가 나쁜 사람 되는 것 같고,
괜히 눈치 보게 만들고, 별 말 아닌데 상처받고,
자기감정에 정직하지 못하고,
싫다 좋다도 불분명하고.
난 그게 더 나쁜 것 같아."

SBS 드라마 〈온에어〉 속에 등장하는 톱스타 오승아 (김하늘 분)가 내뱉은 말이다. 톱스타인데 착한 척하기도 싫고 착한 사람은 더욱 싫다니 오만이 하늘을 찌르는 듯 보이기 쉽다.

김하늘이 맡은 오승아는 '국민요정'이란 타이틀을 지닌 당대 톱스타지만 실제로는 작품마다 번번이 연기 논란에 시달리는가 하면 스스로도 자신의 연기를 자책하며 괴로워하는 외강내유형 캐릭터다. 허구한 날 거침없이 독설을 쏘아대고 위아래 없단 소릴 들을 정도로 안하무인인 그녀지만, 그러나 그건 총만 안 들었지 전쟁터와 다를 바 없는 연예계에서 살아남기 위한 방어벽이자 자구책이 아니었겠나. 믿을 건 자기 자신밖에 없는 혈혈단신 외로운 처지였으니까.

그러다 함께 일을 하게 된 초찌 감독 이경민(바용하 분)이 나름 코드가 맞는 사람이다 싶으니 대뜸 "난 착한 사람이 싫어요."라고 내뱉는다. 하지만 실은 그녀가 정말 얘기하고 싶었던 건 "알고 보면 나도 착한 애예요."가 아니었을까? 호오가 지나치게 분명하고 그래서 남에게 상처도 잘 주지만, 그게 속내를 들키고 싶지 않아서라는 걸 그가 알아줬으면 하는 바람이었으리라.

✳ ✳ ✳

가만 보면 대부분의 사람들은 만날 때마다 매번 상냥하게 웃어주고, 언제나 내 말에 귀 기울여주고, 원하는 걸 다 들어주고, 최대한 배려해 주는 사람을 두고 흔히들 착하다고 하는 것 같다.

글쎄, 과연 그럴까? 어쩌면 마음이 약해서 똑 부러지게 거절하지 못하는 건 아닐까? 늘 양보하면서 가슴 한켠에 화를 차곡차곡 쌓아두는 건지도 모를 일이다. 그처럼 국으로 눌러 참기만 하다 보면 언젠간 폭발하는 게 당연지사. 그래서 마음 놓고 지내다가 뒤통수를 맞는 일이 생기는 것이다.

오승아는 이와는 영판 다르다. 드라마 초반엔 저런 싸가지가 다 있냐고 혀를 내두르던 시청자들이 차차 시간이 흐르는 동안 오승아를 이해하고, 심지어 사랑하게 됐다. 처음엔 착하게 느껴지지 않았지만, 실은 누구보다 정도 많고 속이 깊고, 무엇보다 마음이 선하다는 걸 차차 알게 된 것이다.

착한 사람을 구별해내려면 꼭 이렇게 시간이 필요한 걸까? 처음 보자마자 대번에 알아챌 수 있는 '착한 사람 감별법' 같은 건 없는 걸까?

사실 '착한 사람 감별법' 따위는 필요 없다. 사람이란 내 마음가짐 여하에 따라 얼마든지 상대방의 마음 또한 바꿔놓을 수 있으니까.

이 말에 내 마음 움직였어

나이를 먹어가며 알게 된 것들 중 하나가 내가 대접받고 싶은 방법으로 상대방을 대하다 보면 자연스레 나 역시 같은 대접을 받게 된다는 것이다. 피해의식에 사로잡혀 세상을 향해 날을 세우고 있던 이도 너그럽고 열린 마음의 사람과 만나면 감춰뒀던 자신을 마침내 드러낸다.

그렇게 일단 마음이 열리고 나면 상대방이 착한지 안 착한지 가늠할 필요도 없어진다. 자기감정에 정직하지 못하다고 나무랄 이유도 없어지고, 표현에 솔직하다고 반길 까닭도 사라진다.

오승아는 그 진리를 착하게 자신을 대하는 이경민에게서 배운 것 같다. 또한 자신에게 친절하든 친절하지 않든 그건 '착한 사람'을 구별하는 잣대가 아니라는 사실도 알게 됐다.

물론 평생 마음을 열고 대해 봤자 달라지지 않는 사람도 있다. 어느 상황에서나 예외는 있는 법이니까. 하지만 자외선이 두려워, 혹은 갑자기 쏟아지는 소나기가 두려워 바깥출입을 못해서야 되겠나. '진심'이라는 자외선 차단제에 '측은지심'이라는 튼튼한 우산이 있으면 괜찮지 않을까?

착한 사람이 결국 착한 사람을 만든다는 건 만고불변의 진리다. 그래서 착한 사람이 되는 걸 포기하지 말라는 것이다.

황혼에도
사랑은 필수

MBC 드라마
〈에덴의 동쪽〉 중에서

"이기철이라는 사내, 내하고 살면서
내 좋다는 말 한마디 없었다. 그쟈?
내도 마찬가지여.
긍께 맑은 정신 차리고
그 한마디는 혀고
듣고 가야 하는 거 아닌감.
양춘희를 좋아한다고,
이 손아귀에 힘이라도 줘봐, 화상아."

MBC 〈에덴의 동쪽〉에서 동철 어미 양춘희(이미숙 분)는 탄광 사고로 숨을 거두려는 남편 이기철(이종원 분)의 손을 부여잡고 지금껏 감춰온 속내를 쏟아낸다. 평소 "내 인생살이 마지막 희망은 막장 사고라도 나서 광부 냄편이 뒤지면 보상금을 받아내 튀는 것이여."라는 말을 입에 달고 살아온 춘희지만, 실은 무지렁이인 자신과는 사뭇 격이 다른 남편이 귀하디귀해 차마 속을 보이지 못하고 어깃장만 놓아왔다.

마음은 정자(전미선 분)에게 주고 몸만 온 기철이지만 그래도 아이 낳고 함께 산 정은 있을 터, 좋아하는 마음이 조금치라도 있었다면 손에 힘 한번 쥐어 보라는 춘희의 절규에 거짓말처럼 기철의 손가락은 한 차례 까딱인다. 안타깝게도 기철은 이내 세상을 떠나지만 그 후 춘희가 기나긴 세월, 어린 두 아들과 정자 모녀까지 보듬어 안고 거친 세상의 풍파를 헤쳐 나갈 수 있었던 건 바로 남편이 보낸 마지막 사인의 힘이 아니겠나.

힘겹고 고단할 적마다 수백 번 수천 번 남편의 손길을 되새기며 마음을 다잡았을 그녀가 눈물겨웠다. 물론 잔혹한 운명의 굴레로

원수의 자식을 피와 땀으로 길러내는 억장 무너질 시련을 겪지만 그녀는 끝내 버텨냈다.

MBC 〈황금어장〉 '무릎팍 도사'에 출연한 이미숙은 주연인 줄 알았다가 대본 연습에 들어가서야 자신이 아들들(송승헌, 연정훈 분)을 받쳐줘야 할 처지임을 알고 좌절했다고 고백했다. 우스갯소리이긴 해도 솔직히 요즘 세상에 어느 누가 중년의, 그것도 탄광촌에서 꽃핀 사랑에 관심이 있겠냐는 생각까지 했단다.

첫사랑이 그리운 건 그 시절의 내가 그리워서라는 말이 있다. 보기 좋은 떡이 먹기에도 좋다고, 여릿하고 풋풋한 젊은이들의 사랑이야말로 보는 이로 하여금 자신의 지나가버린 사랑을 되새겨보게 만드는 힘이 있다. 역시 사랑이야기는 첫사랑이 최고다. 영화 〈건축학개론〉이 수많은 사람들의 입에 오르내린 것만 봐도 우리가 품은 첫사랑의 그림자는 그리 쉽게 사라지는 게 아니란 걸 알 수 있다.

하지만 나는 어떤 꽃미남 꽃미녀의 사랑인들 양춘희의 절절한 사랑에 버금갈까 싶다. 마지막 가는 길에 자신이 사랑했음을 숨김없이 토해내는 그 모습이 멋지지 않은가.

남편이 비록 딴 여자에게 정을 줬다 해도 "내가 당신을 사랑했다."라고 말하는 그 용기 말이다. 그 마음 알아챈 남편은 죽기 전에 그녀의 손을 쥐어주고 떠났으니 그녀가 그 힘으로 세상을 대차게 살아갔음은 자명한 일이다.

첫사랑도 좋지만 마지막 사랑을 이렇게 마무리하는 것도 좋을 듯싶다. '사랑해'라고 말하는 용기는 젊은 사람들에게만 필요한 게 아닌 듯하다. 황혼에도 사랑한다고 말할 수 있는 사람이 정말 행복한 사람이다. 나는 금세기 최고의 러브신으로 감히 '양춘희의 이별', 이 장면을 꼽고자 한다.

왜 딱한 그녀에게 공감이 안 되었나

SBS 드라마
〈천일의 약속〉 중에서

"향기 씨, 노향기라는 이름. 나한테서 안 떠났었어요.
얼마나 아프고 힘들었을까.
내가 저이를 향기 씨에게 떠나보냈을 때보다 몇 갑절 더 아팠을 거예요.
만나서 얘기하고 이해와 용서를…….
염치없어요. 미안해요. 나는 그렇게 오래 걸리지 않을 거예요.
만약 그때까지 오빠에 대한 마음이 식지 않거든, 내가 없어졌을 때
향기 씨가 옆에 있어줬으면. 뻔뻔스럽지만
어쩌면 더 박지형이라는 남자를 나보다 더, 잘 아는 사람일지도 모르니까."

SBS 드라마 〈천일의 약속〉은 남자 주인공 박지형(김래원 분)이 딸아이를 데리고 아내 이서연(수애 분)의 묘지를 찾는 장면을 끝으로 막을 내렸다. 그런데 아쉬움이 남는 게 아니라 체증이 내려간 듯 속이 후련했다. 한 회도 빼놓지 않고, 늘 눈물 바람을 하며 지켜본 드라마지만 주인공 서연이가 울 때 따라서 운 기억이 없다. 아무리 서럽게 신세한탄을 하며 흐느껴도 멀찌감치 떨어져 바라보는 기분이었다. 이상하게 통 감정이입이 안 됐다.

지형이 엄마(김해숙 분)가 가슴을 부여잡고 숨 죽여 울 때도 같이 울었고, 누나가 알츠하이머라는 사실을 알게 된 문권(박유환 분)이 통곡할 때도, 서연이 결혼식 전날 고모(오미연 분)가 술 한 잔 기울이며 일찍이 세상 떠난 동생 생각에 눈시울을 적실 때도, 하다못해 사촌언니 명희(문정희 분)가 따귀를 맞고 "그래, 나 나쁜 년이었어." 하며 시연이를 끌어안고 울 때도 눈물이 났다.

그런데 나이 서른하나인 젊디젊은 아이 엄마가 뇌가 쪼그라드는 병으로 죽어 간다는데 왜 슬프지 않았던 걸까? 심지어 울어도 참 예쁘게 우네, 감탄하며 본 적도 있다. 머리로는 딱하다는 걸 알겠는데 가슴이 꿈쩍도 안하는 거다.

반면 서연이 남매의 어릴 적 장면이 나오면 매번 눈물 콧물 다

쏠아가며 울었다. TV 앞에서만 우는 게 아니라 남에게 이 얘길 전해주다가도 한 번씩 울곤 했다.

"밖에 나가 골목길을 기웃거리다가 결국 먹을 거 못 구해온 누나가 물이 담긴 대접을 동생에게 내미는 거야. 그러면 남동생이 마다하면서 '싫어, 엄마 오면 밥 먹을 거야. 불고기랑 밥 먹을 거야' 하고 칭얼거려. 누나는 '엄마 오면 불고기랑 밥 먹어. 엄마가 쌀이랑 라면이랑 불고기랑 잔뜩 사가지고 지금 오고 있을 거야' 하며 어르고 달래고. 어린 것들이 얼마나 불쌍한지 몰라." 이렇게 전하면서 몇 번이나 목이 메어 말을 멈춰야 했다.

엄마(김부선 분)가 도망을 가버린 후 고모가 찾으러 오던 날까지, 목을 빼고 기다리는 동안 어린 서연이와 문권이는 얼마나 외롭고 무서웠을까. 그래도 고모부(유승봉 분)가 사람이 좋아 기꺼이 거두어줬고 고모가 엄마 못지않게 살뜰히 보살펴줬으니 불행 중 다행이었다. 넉넉한 생활은 아니었지만 그렇다고 지지리 궁핍하지는 않았고, 사사건건 딴죽을 거는 사촌언니가 있어 서러운 날도 많았지만 대신 하늘에서 뚝 떨어진 것처럼 자상한 사촌오빠(이상우 분)가 있지 않았나. 어쩌면 신통치 않은 부모 밑에서 크는 것보다는 나았을지도 모른다. 그러나 큰 고생은 안 하며 컸다고 해도 엄마에게 버림받았다는 느낌, 배고픔, 밀려드는 공포와 싸워야 했던 그 지옥 같은 시간을 어찌 잊을 수 있을

이 말에 내 마음 움직였어

까. 그렇게 불쌍했던 아이가 박복도 하지, 겨우 독립해서 살만
하다 싶어지니 불치병에 걸린 게 아닌가. 그것도 한참 좋을 나
이에.

✳ ✳ ✳

그런데 왜 나는 그 딱한 여자 주인공 서연이에게 마음을 주지 못
했던 걸까. 아마 첫 회 때문이지 싶다. 결혼을 코앞에 둔 남자와 밀
회를 나누던 장면이, 침대 위에서 희희낙락 노닥거리던 모습이 드
라마가 끝난 지금도 기억에 생생하다. 서연이는 노향기(정유미 분)
의 존재를 알면서도 지형이와 연인 사이가 됐고, 부를 때마다 서슴
지 않고 달려가 잠자리를 가졌다.

그 비밀스런 관계는 1년씩이나 계속 됐다. 온당치 않은 관계란
걸 모를 리 없으나 '잠시 훔쳤다 돌려줄 생각이니까, 나는 쿨하니까
질척거리지 않을 거야, 그럼 되는 거잖아?'라는 식으로 자위했다.
개념 없는 여자가 아님을 증명이라도 하듯 "제 마음도 어머니 마음
과 같습니다."라는 말로 지형이 어머니를 감복시키기까지 했다.

하지만 결국엔 모든 책임을 알츠하이머에 돌린 채 결혼식을 올
렸다. 그러나 막상 결혼하고 난 다음엔 불행하다고 했다. 남은 시
간 내내 행복할 줄 알았는데 그게 아니라며, 괜한 결정이었다며 지
형이를 원망했다. 아기도 모든 사람이 반대했건만 심장이 뛰는 생
명을 어떻게 없앨 수 있냐며 부득부득 혼자 우겨서 낳았다. 그리고

221

또 괜히 낳았다며 울었다. 아기를 안아주지도 않고 인형을 대하듯 쳐다보기만 하지 않았나. 이것도 다 알츠하이머 탓이다.

약혼자였던 향기네나 지형이네나 자식 결혼이 하루 전날 파토가 나는 바람에 쑥대밭이 됐지만 불치병 환자가 걸려 있는 일이니, 다들 꾹 참고 화를 다스려야 했다. 그래야 교양 있는 사람이니까. 드라마 시청자도 마찬가지였다. 영 찜찜한 상황이었지만 비난을 자제해야만 했다. 너무나 딱한 치매 환자니까.

서연이가 스스로를 날강도, 날치기라고 표현하고 있으니 양심이 영 없지는 않나 보다 했다. 향기를 불러달라고 부탁했을 때, 찾아온 향기에게 미안하다는 말을 건넸을 때 다행이다 싶었다. 그래, 그래야 사람이지. 그런데 이어지는 말이 지형이를 부탁한단다. 아까워 미칠 것 같지만 어쩔 수 없어 내준다는 듯이.

향기 쪽에서 오히려 불행하지 않으니 걱정 말라며 위로한다. 두 손 두 발 다 들었다. 생각해 보니 서연이뿐만 아니라 지형이가 눈이 다 짓무르도록 울었어도 슬프지 않았다. 분명 순애보적인, 드라마 역사상 손꼽힐 만한 희생적인 사랑이었거늘 왜일까? 〈천일의 약속〉은 재미는 물론, 많은 생각을 하게 만든 드라마였지만 주인공들의 사랑은 적어도 나에게 만큼은 마지막 순간까지도 공감을 얻어내지 못했다.

그건 도덕적 기준에 너무 합당치 않은 태도 때문이었다. 누구의 사람이 될 것인지 알면서도 숨어서 밀애를 즐기는 그 태도. 그건 아무리 좋은 장면을 연출해도 공감을 방해하는, 마음을 주지 못하게 하는 원죄처럼 여주인공을 따라다녔다.

✳ ✳ ✳

혹시 이유 모를 미움을 받아본 적이 있는가. 그렇다면 서연이처럼 원죄가 되었을 무언가가 있을 거란 생각을 해봐야 할 것 같다. 왠지 싫은 사람에게 왠지는 없다. 나는 아무 생각 없이 한 행동인데 상대방에게 상처를 주는 말이나 행동일지 모른다. 주는 거 없이 미운 사람에게는 반드시 받은 게 있는 법. 그것도 나쁜 걸 받았을 때 그렇다.

"제 말투가 원래 그래요."

"저는 아무 생각 없이 한 건데 왜 그렇게 나쁘게 받아들이죠?"

이렇게 항변하지는 말자. 여기에 최악은 "하루 이틀 본 것도 아닌데 뭘 새삼스럽게, 괜히 꼬투리 잡으려는 거 아니에요?"라고 말하며 되레 상대방을 속 좁은 사람 취급하는 거.

얼굴도 예쁘고 예의도 바르고 일도 잘하는데 미운 털 박힌 적 있다면, 나에게는 온당한 일이었지만 경우에 따라서는 부당한 일을 저질렀기 때문일 수도 있다. 내가 항상 옳다고만 할 수는 없지 않은가. 그렇다고 해서 불치병 걸린 여주인공처럼 이해받을 수 있는 상황도 우리에겐 없지 않은가. 아무리 불치병에 걸렸다고 해도 이해가 안 되는 저런 일처럼 말이다.

223

시누이는
시누이일 뿐

KBS2 드라마
〈넝쿨째 굴러온 당신〉
중에서

"시누이가 시집에서 물 떠오라고 시키는데
기분이 꽤나 언짢더라구."

이 말에 내 마음 움직였어

일생의 꿈인 '능력 있는 고아와의 결혼' 성사로 쾌재를 불렀던 KBS2 〈넝쿨째 굴러온 당신〉의 차윤희(김남주 분). 그녀가 누구인가. 친구들 사이에서 시어머니며 시댁 성토가 한창 무르익을 무렵이면 매번 마치 찬물이라도 끼얹듯 시집이 없다는 자랑으로 염장을 지르던 그녀가 아닌가. 그런 호기로움도 남편의 가족을 만나면서 한순간에 일장춘몽이 되고 말았다.

그것도 하필이면 세 들어 사는 주인집 부부(장용, 윤여정 분)가 30년 전에 잃어버렸던 외아들이라니. 게다가 시부모님부터 시할머니, 시누이 셋, 작은 아버지 부부, 거기에 시이모들까지 굴비 엮듯 나타났으니 기함을 하지 않는 게 이상할 지경이다. 더구나 시집이 엎어지면 코 닿을 앞집인지라 시련이 예상될밖에.

그러나 "에고, 앞으로 겪을 일이 큰일일세." 하며 그녀에게 동정 어린 시선을 보내다가 문득 깨달았다. 그녀가 처한 난감한 상황이 30년 전 내가 별 생각 없이 제 발로 걸어 들어갔던 현실이라는 걸. 윤희는 지금 호랑이 굴에라도 떨어진 양 황망해하지만 예전엔 그 정도 가족 관계는 예삿일이었다.

어쨌거나 물김치를 넣어주고 싶으니 현관문 비밀번호를 대라는 시어머니의 요구를 시작으로, 봄날 꽃구경하듯 여유 자적했던 윤희의 앞날에도 서서히 먹구름이 드리워질 조짐이 보였다.

흥미로운 건 이 드라마 안에 구시대적인 시누이와 현대적이고 합리적인 시누이가 공존한다는 점이다. 윤희보다 열두 살이나 어린 막내 시누이 말숙(오연서 분)은 '때리는 시어머니보다 말리는 시누이가 더 밉다'라는 옛말을 그대로 답습하는 구태의연한 인물이다.

올케만 눈에 띄면 갑자기 천하에 둘도 없는 효녀로 변신해 우리 엄마 왜 고생시키느냐며 종주먹을 들이댄다. 게다가 아직도 이런 시누이가 있을까 싶게 온 가족에게 올케 험담을 늘어놓으며 이간질을 일삼기까지 한다. 그렇다고 누구보다 당차고 분별력 있는 윤희가 그런 얼토당토않은 패악을 고스란히 당할 리가 있나.

말숙이 사다준 짝퉁 가방 때문에 직장에서 크나큰 낭패를 당한 윤희는 집 앞에서 기다리던 말숙과 마주친다. 윤희가 겪은 일들을 알 리 없는 말숙이 제삿날 늦은 이유를 조목조목 따져 물으며 이른바 시누이 노릇에 나서자 적반하장인 시누이의 태도에 격분한 윤희는 코비틀기 신공으로 응징에 나선다. 만만치 않게 기가 센 두 사람의 대립관계 또한 재미있는 관전 포인트.

✱ ✱ ✱

다른 유형의 시누이는 바로 윤희 자신이다. 이 드라마에 존재하는 또 하나의 시집, 즉 윤희의 친정에서는 윤희가 시누이 입장이

이 말에 내 마음 움직였어

다. 말숙과 달리 윤희는 합리적이고 현명한 모습을 보인다.

오빠(김용희 분)가 사업을 한답시고 윤희 부부의 돈을 탕진해버렸다는 사실을 알게 되지만 올케(진경 분)에게 책임을 묻지 않는다. 오빠가 그리 무능한 건 올케 탓이 아니라 친정어머니(김영란 분)의 과잉보호 때문이란 걸 너무나 잘 알고 있어서다.

친정어머니가 올케에게 심부름이라도 시키려고 하면 "시집에서 시누이가 물 떠오라고 시키는데 기분이 꽤나 언짢더라." 하며 발딱 일어나 주방으로 향하는 윤희, 이 시대가 원하는 바람직한 시누이라고 하겠다.

✳ ✳ ✳

그런가 하면 한창 불륜 코드로 화제몰이를 했던 JTBC 〈아내의 자격〉에는 또 다른 타입의 시어머니와 시누이가 등장했다. 주인공 윤서래(김희애 분)의 시어머니(남윤정 분)는 한 동네로 이사 온 며느리에게 "규칙을 정해두는 게 좋겠다. 올 때는 미리 꼭 전화해라." 라고 말하며 오히려 시이머니 쪽에서 선을 그었다. 아들네 집을 자기 집처럼 드나들고 싶어 하는 윤희의 시어머니와는 확실히 다른 모습이다.

남편 저녁식사와 다림질까지 며느리에게 미루면서도 겉으로는 교양 있는 시어머니로 보이고 싶어 하는 요즘 흔히 볼 수 있는 유형이다.

그 어머니에 그 딸이라고 서래의 시누이 한명진(최은경 분)도 한 껏 교양으로 포장한 채 살아가는 인물. 속마음이야 〈넝쿨째 굴러온 당신〉의 말숙과 다름없겠지만 겉으로는 누구보다 오빠네 가족을 걱정한다. 강남이라는 전쟁터에서 올케가 살아남을 수 있도록 족집게 과외교사를 소개해 주는 등 물심양면으로 마음을 쓴다.

그러나 그녀의 걱정은 사실상 오빠네 가족의 행복에 있는 게 아니라 오빠네 식구들이 혹여 격이 떨어져 자신과 친정을 부끄럽게 하지는 않을까 하는 두려움에 있다. 조카가 공부를 잘하기를 바라지만, 어디까지나 자신의 체면을 구기지는 않고 자기 아이의 수준에는 못 미치는 단계이기를 바란다. 어찌 보면 우리에게 제일 익숙한 시누이다.

한편 할머니(강부자 분)를 통해 생전에 자신을 끔찍이 아끼던 할아버지의 제삿날이란 얘길 들은 귀남은 직접 음식 준비에 나서 가족들을 놀라게 했다. "네 댁이 해야지. 왜 네가 하냐?"라며 극구 말리는 할머니에게 던진 그의 한마디가 의미심장하다.

"할아버지는 제 와이프 얼굴도 모르시잖아요."

귀남의 거침없는 한 수로 삼대가 함께 살고 있는 이 가족에게 닥칠 큰 변화가 쉽게 예상되었다.

이 말에 내 마음 움직였어

✳ ✳ ✳

우리집 아이들은 할머니와 엄마 사이에 고부갈등이 없음을 나름 긍지로 여기는 듯하다. 하지만 삼대독자 며느리 자리에 철모르는 무남독녀가 들어왔으니 왜 우여곡절이 없었겠는가. 크게 부딪힌 적은 없었으나 어머님은 어머님대로, 나는 나대로 맺히고 서운한 점들이 많았지 싶다.

그런데 내가 몇 해 전 급성 췌장염으로 입원을 했을 때 일이다. 치사율이 꽤 높은 병이어서 오늘을 못 넘길 수도 있다는 소리까지 들었는데, 당시 문병을 오신 친척 형님께서 이런 말씀을 전해주셨다. 우리 어머님이 전화를 하셔서 "나는 이번에 아이들 엄마가 그렇게 중요한 사람인지 처음 알았어."라고 하셨다는 것.

그 말을 듣는 순간 뭐라 말하기 어려운 감동이 밀려왔다. 그리고 그 이후부터는 신기하게도 어머님께 서운한 마음이 전혀 들지 않는 거다. 특히나 막 시집을 와서는 속상했던 일도 꽤 많았던 것 같은데, 지금은 아무리 기억을 더듬어 봤자 '어머님이 그러실 만했지 뭐' 하게 되는 거다.

우리 막내 시누이도 같은 경험을 한 적이 있다고 했다. 시누이가 외국에서 살고 있을 때 그 댁 시어머님께서 한 달 예정으로 다녀가셨단다. 모처럼 먼 길을 시간 내서 오신 터라 마음먹고 지성껏 모셨지만 고부지간에 한 달을 함께 지내다 보면 어디 내내 기분

좋기만 할 리가 있나. 서로 다소 서운한 점도, 불편한 구석도 있었을 것이다.

그런데 떠나는 날 공항에서 며느리의 손을 잡은 어르신, "내 평생 이런 호강은 처음 해봤다. 정말 고맙구나."라는 감동 어린 한마디를 남기셨다고 한다. 그 말씀을 듣는 순간 그간의 소소한 불만들은 다 날아가 버리고 그저 '더 잘해드릴 걸' 하고 후회만 남더란다.

씨족사회로 오랫동안 살아오다가 짧은 시간에 근대화를 겪고 선진국 문턱까지 올라서다 보니 사회 곳곳에서 불균형한 일이 많이 생긴다. 시댁 문화도 마찬가지다.

지금보다 좀 더 냉정해지는 건 어떨까? 무조건 도움을 주고 무조건 군림하는 시댁은 이제 어디에도 없다. 실상은 모든 관계가 그런 것처럼 주는 만큼 받는 시댁이 있을 뿐.

TV에서 무엇이든 계속 보면 환상 같은 게 심어진다. 윤희 같은 합리적이고 현명한 시누이가 되고 싶겠지만 막상 하려면 어려운 일이다. 안 그러려고 해도 십중팔구는 말숙이나 명진이처럼 되기 쉽다. 일단 오빠나 남동생은 동생 혹은 누나인 나보다는 이제 가정을 꾸린 그녀와 더 가깝다는 사실을 인정해 보면 어떨까? 객관적으로 오빠나 남동생의 일은 그 집 사람들끼리 알아서 하라고, 그녀는 우리집 남자 하나 데려가준 고마운 은인이라고 생각하라면 너무 앞서나간 걸까? 솔직히 남자 하나 건사하기가 쉬운 일은 아니니 그녀를 우선순위에 놓는 건 괜찮은 방법이다.

반대로 시댁도 마찬가지이다. 내가 시집을 온 이상 그 집에 맞
춰야 한다는 생각 때문에 갈등이 생기는 것이다. 일방적으로 맞추
려고 하니까 서로 안 맞고 사고방식이 다르다는 의미의 '시월드'
라는 말도 생긴 거고. 맞추는 게 아니라 입장표명을 명확하게 하
고, 옳지 않다고 생각되는 부분에서는 대안을 내놓을 정도의 현명
함을 발휘한다면 물 위에 기름 뜨듯이 둥둥 떠다니는 느낌을 어느
정도는 걷어낼 수 있으리라.

두 입장 모두 상식적 수준에서 의사소통이 어느 정도는 통해야
하는 건데 〈아내의 자격〉의 서래와 서래의 전前 시댁 같으면 어림
없는 소리이지만 말이다.

너무나도 정겨웠던
순수 처자들의
일편단심

SBS 〈옥탑방왕세자〉
KBS2 〈적도의 남자〉
MBC 〈더 킹 투하츠〉
중에서

"300년이 지나도 당신을 사랑합니다." – 박하의 한마디

"내 가족도 내 남자도 모욕하지 마." – 한지원의 한마디

"왜 제가 사랑하는 사람이어서 못 쏠 것 같습네까?
이동지를 죽여버리고 저도 같이 죽으면 됩네다.
금방 따라가겠습네다. 리재하 동지." – 김항아의 한마디

이 말에 내 마음 움직였어

봄에서 여름으로 넘어갈 무렵, 세 편의 수목드라마 때문에 나는 일주일에 이틀을 갈등에 빠지곤 했다. 비슷한 시기에 시작해서 동시에 끝이 난 SBS 〈옥탑방왕세자〉, KBS2 〈적도의 남자〉, MBC 〈더 킹 투하츠〉. 주제와 배경이 서로 다른 만큼 평가는 보는 사람의 취향, 시선, 호오에 따라 천차만별로 엇갈리겠지만, 어쨌든 세 편 모두 해피엔딩으로 끝났다. 천인공노할 악인들은 말끔히 제거됐고 주인공들은 다들 행복해졌다.

그보다 앞서 논란을 일으킨 바 있었던 월화 드라마 SBS 〈패션왕〉의 분노를 불러오는 마무리에 비하면 이 얼마나 가슴 훈훈한 결말인가. 남자 주인공 역의 박유천, 엄태웅, 이승기 세 사람 모두 연기력을 검증받아 입지가 한층 탄탄해졌고, 〈더 킹 투하츠〉는 특히나 조정석이라는 출중한 새 얼굴을 발굴해냈으니 금상첨화랄밖에.

이 유례없이 치열했던 수목 드라마 전쟁이 큰 잡음 없이 무사히 일단락된 건 아무래도 남자 주인공에 비해 주목을 받지는 못했지만 일관성을 유지해 준 여주인공 캐릭터들의 공이 크지 싶다. 〈옥탑방왕세자〉의 박하(한지민 분), 〈적도의 남자〉의 한지원(이보영 분), 〈더 킹 투하츠〉의 김항아(하지원 분), 이 셋은 번번이 누

233

군가의 도움으로 위기에서 탈출하고 또 별 노력 없이 누군가의 도움으로 성공을 얻어내는, 우리가 흔히 봐오던 나약한 여주인공이 아니었다.

허구한 날 악인에게 휘둘려 망연자실 눈물이나 짓고 있는 게 아니라, 남자에게 기댈 궁리나 하는 게 아니라 어떻게든 스스로 운명을 개척하려고 노력하는 자세를 보여줬다. 아무리 고된 어려움이 닥쳐도 징징거리지 않는다는 점 또한 마음에 들었다. 뿐만 아니라 처음부터 끝까지 일편단심, 한 남자만을 바라보지 않았던가.

내가 시대에 한참 뒤떨어진 걸까? 세상이 아무리 달라졌다 해도 양 손에 떡이라도 쥔 양 이 남자 저 남자 사이를 저울질해 가며 오가는 여주인공에게는 도무지 정을 주기 어렵다. 초지일관 최재하(주상욱 분)와 김도윤(이상우 분) 사이를 오락가락했던 MBC 〈신들의 만찬〉의 고준영(성유리 분)이며 막판에 보란 듯이 뒤통수를 친 〈패션왕〉의 이가영(신세경 분)이 바로 그런 예다.

더욱이 이가영의 경우는 이른바 '민폐 캐릭터'가 아니었음에도 마지막 순간에 결정적인 배신감을 안겨주는 바람에 정나미가 뚝 떨어지고 말았다. 연기자의 연기는 나무랄 데 없었지만 찝찝함만 가득 남긴 채 스러진 셈이니 애석한 일이 아닐 수 없다. 결코 그립지 않은, 다시 보고 싶지 않은 캐릭터. 연기자로서는 너무나 불행한 결과가 아니겠나.

그에 비해 박하, 한지원, 김항아는 어찌나 정겨운 캐릭터들인지.

박하가 왕세자 이각(박유천 분)과 신하 3인방에게 자주 해주던 오 므라이스, 소주 안주로 짜먹던 스프레이 생크림은 두고두고 생각 날 것 같다. 선우(엄태웅 분)가 선물한 스카프를 내내 두르고 나오 던 지원의 청초한 모습도 그리워질 것이다. 그리고 항아의 애교가 묻어나는 '오마니' 소리와 눈웃음도, 총을 들었을 때의 당당함과 패기도 자주 기억나지 않을까?

그리고 보니 벌써 그리운 장면들이 하나둘씩 새록새록 떠오르 기 시작한다. '뭘 봐야 하나', 매주 수없이 갈등하게 만들었던 세 편의 드라마들, 정을 확 떼는 결말이 아니어서 무엇보다 고마웠다.

✳ ✳ ✳

수많은 연애 조언들이 여기저기에 넘쳐난다. 적당한 밀당을 하 라는 둥 편안하게 배려하라는 둥. 하지만 그 무엇보다 선행되어야 할 것은 '자아를 잃지 말 것'이 아닐까 싶다.

드라마에서조차 도움을 받고 기대려드는 여주인공은 시청자들 에게 외면딩하는 세상이 되었거늘, 현실에서야 두말할 것도 없다. 자기 일을 찾기 위해 고군분투하면서도 자신보다 약한 사람이 위 기에 처했을 때 가진 재능을 모두 동원해 도울 수 있는 용기 있는 처자. 상황에 휩쓸리지 않고 오랫동안 뚝심 있게 사랑을 지켜내는 인내심이 있는 데다 항아 같은 애교, 지원 같은 의연함, 박하 같은 순수가 있다면 어느 누가 마다할까.

235

그러기 위해서는 자기 자리에서 가장 예쁠 필요가 있다. 다른 사람이 가진 걸 의식하고 질투하기보다는 자기가 자신 있는 부분을 가꾸고 어필하는 능력, 남들이 가진 부를 부러워하기보다 제 손으로 식구들 먹을거리를 챙길 수 있는 능력이 있다면 세상만사 모두 그리 어렵고 복잡해지진 않을 터. 그래서 꽃보다 더 아름다울 수도 있고 꽃으로도 때릴 수 없는 소중한 존재가 될 수도 있는 게 아니겠는가. 민폐 캐릭터는 드라마에만 존재하는 건 아니라는 걸 명심하길.

이 말에 내 마음 움직였어

나에겐
총도 없으니
어쩌랴

"힘 있는 자와 타협하지 않고 힘없는 사람들한테 고개를 숙이겠습니다.
위를 바라보지 않고 아래를 살피겠습니다.
가난이 자식들한테 대물림되지 않는 세상을 만들겠습니다.
서민들의 친구가 되겠습니다. 힘없는 사람들의 희망이 되겠습니다.
정의가 강물처럼 흐르는 대한민국을 저 강동윤이
여러분과 함께 만들겠습니다."

몰라서 한 잘못이면 가르쳐서 바로 잡으면 되고, 깨우치고 반성하고 다시는 그 잘못을 반복하지 않으면 된다. 문제는 배울 만큼 배우고 가질 만큼 가진 사람이 자신의 이익을 쫓아 남에게 치명적인 해를 입히는 잘못을 버젓이 저지르는 것 그리고 일말의 양심의 가책도 느끼지 않는 것이다.

더 무서운 건 부지불식간에 나나 내 가족도 그들에게 피해를 입을지도 모른다는 사실이다. 생때같은 내 딸이 의문의 교통사고를 당했는데, 그나마 구사일생으로 목숨을 구했다 싶었는데 누군가의 음모로 무참히 살해당하고 말았다면? 게다가 모든 증거가 치밀한 계획 아래 감쪽같이 사라지고, 딸의 죽음을 조롱하던 범인이 겨우 벌금 200만 원 형에 처해졌다면? 억장이 무너질 일이 아닌가. 웰메이드 드라마로만 치부하기에는 너무나 공포스러운 현실이 그 안에 있는지라 〈추적자 THE CHASER〉에 몰입한 건지도 모르겠다.

"지금부터 내가 검사고 이 총이 판사야. 내 딸도 그랬겠지. 살려달라고. 근데 넌 어떻게 했지? 살려달라고, 제발 살려달라고 매달리는 내 딸에게 넌 무슨 짓을 했지? 말해, 네 입으로!"

나 같아도 총을 들고 백홍석(손현주 분) 형사처럼 법정으로 뛰어들고도 남았을 것이다. 불행인지 다행인지 내게는 총이 있을 리 없지만. 설상가상, 머리에 돌만 찼는지 한류 스타인지 월드 스타인지 하는 피의자 PK준(이용우 분)의 팬들은 무죄판결에 환호했다. 거듭 얘기하지만 이 또한 얼마든지 있을 수 있는 상황이라는 게 더없이 무섭다.

마냥 밝고 순수했던 백 형사의 딸 백수정(이혜인 분)은 자신이 그토록 좋아하는 가수 PK준의 차에 치이는 교통사고를 당했다. 엄밀히 말하면 처음엔 PK준을 태운 서지수(김성령 분)가 사고를 냈고, 자신을 알아봤을지도 모른다는 이유로 PK준이 살려달라고 애원하는 수정의 몸을 무참히 깔아뭉개버린 것이다. 그것도 몇 차례씩이나. 수정이 자신의 콘서트 티켓을 손에 쥐고 있었다는 걸 두 눈으로 목격했음에도 말이다. 잔인하기 짝이 없는 PK준, PK준과 밀회 중이던 재벌 서 회장(박근형 분)의 딸이자 대권 후보 강동윤(김상중 분)의 부인인 서지수. 알아서는 안 될 일을 목격했기에 수정은 익울하게 희생되고 말았다.

더 분통이 터지는 건 수정의 죽음으로 반사 이익을 얻으려는 이들이 있다는 사실이다. 장인 서 회장이 '마름이 똑똑하면 지주 아들을 잡아먹는 법'이라며 대권 불출마 선언을 강요하자 강동윤은 아내 서지수가 저지른 사고를 이용하기로 마음먹는다. 아내가 교통사고를 냈고 심지어 뺑소니까지 쳤다는 사실을 만

천하에 공표하겠다고 장인을 협박한다. 누군가에겐 가슴 아픈 불행이 그에겐 천재일우의 기회가 된 셈이다. 그래서 수정이를 반드시 살려내겠다고 약속했던 백 형사의 죽마고우 윤창민(최준용 분)은 강동윤이 내민 30억이라는 산더미처럼 쌓인 5만 원짜리 돈다발에 우정과 의사로서의, 아니 인간으로서의 양심을 팔았다.

✳ ✳ ✳

한때 SBS 〈시크릿 가든〉의 김 사장(현빈 분)에 의해 '사회 지도층'이라는 말이 유행한 적이 있지만 비윤리적인 사회 지도층을 너무 많이 봐왔기 때문일까? 나는 재벌이나 대권 후보 같은 사회 지도층의 표리부동과 부도덕보다, 믿었던 친구 윤창민의 변심이 더 무섭다. 남의 목숨을 빼앗는 일은 아닐지라도 누군가가 은밀히 내게 수십억을 대가로 윤리에 어긋나는 일을 제안한다면, 그때 내 마음도 윤창민처럼 흔들리면 어쩌나 싶어서.

윤창민을 사주해 수정을 무참히 살해한 강동윤은 대선출마 연설문을 통해 힘없는 사람들의 희망이 되겠다고 외친다. 순간 나는 헛것을 본 것도 아닌데 등에 식은땀이 흐를 정도로 소름이 끼쳤다.

얼마 전 국가 고위층이었는지 경찰의 삼엄한 호위 아래 신호를 무시하고 달리는 고급 승용차 무리를 봤다. 그들은 굳이 신호를 지킬 일도, 기름값이나 교통비 인상을 걱정할 필요도 없다. 지위와

이 말에 내 마음 움직였어

법인 카드가 모든 걸 다 해결해 주니까. 그런 이들이 어찌 서민 생활의 애환을 짐작이나 하겠는가. 무슨 희망을 주겠다고 신호까지 무시하며 달려간 건지.

〈추적자 THE CHASER〉가 풀어낸 일련의 억울한 사건들이 드라마 속의 일만은 결코 아닐 것이다. 엄연한 법치국가이건만 법을 어기고도 처벌을 받지 않는 이들이 실제로 존재하는 세상이기에 두렵고 무섭다. 총도 없고, 아무런 지위, 권력, 배경도 없는 나는 억울하기 짝이 없는 일을 당한다 한들 범인을 직접 응징할 수는 없을 터. 아마도 고작 법원 앞에서 1인 시위나 하게 될 것 같다.

부디 백 형사와 같은 재수 없는 일이 나에게는 닥치지 않기를 기도할 뿐. 친딸과 다름없었던 수정의 목숨을 빼앗은 윤창민처럼 돈과 권력에 흔들리지 않을 것도 더불어.

부모만 잘 만난다고
되는 게 아닐세

"나이도 어린 게, 부모 잘 만나 가지고 그냥……." – 우용술의 한마디

"지금 니가 본 게 돈 없는 사람이 공부해야 하는 이유야." – 박민숙의 한마디

SBS 드라마 〈옥탑방왕세자〉에서 여전히 '야자 타임' 중이라고 착각한 우용술(정석원 분)이 머뭇거리던 끝에 "나이도 어린 게, 부모 잘 만나 가지고 그냥……." 이렇게 넌지시 속내를 내비친다. 이에 격노한 왕세자 이각(박유천 분)은 단호한 어조로 명을 내린다. "만보(이민호 분)야, 용술이 칼 가지고 오너라." 용술이 간이 배 밖으로 나온 상황이지 뭔가. 현세인 것이 천만다행, 만약 그들이 살았던 조선시대였다면 용술은 정녕 목숨을 부지하기 어려웠으리라. 아니 본인 목숨뿐만 아니라 삼족을 멸하고도 남을 도발이다.

그러나 타이밍이 어긋나서 그렇지 우용술이 내뱉은 이 한마디는 많은 생각을 하게 만든다. 과거로부터 현재에 이르기까지 얼마나 많은 이들이 차마 이 소리를 입 밖으로 내지 못한 채 삼키고 말았겠나. 금 수지를 입에 물고 태어난 덕에 별 노력 없이 부귀영화를 누리고 사는 존재들. 계급장을 떼고 보면 잘난 구석 하나 없건만, 단지 돈과 권력에서 밀린다는 이유로 그들에게 늘 머리를 조아려야만 했던 억울한 이들이 오죽이나 많았겠는가 말이다.

엄연히 만인지상의 왕이 존재하고 반상의 구별 또한 시퍼렸던 지난날이야 그렇다 쳐도 왜 만민 평등을 부르짖는 오늘날까지 왕

노릇을 하려드는 인간들이 부지기수인지 원. 하기야 재물보다 더 한 권력이 또 어디 있으리. 생각해 보면 과거 왕들보다는 지금 돈과 권력을 손에 쥔 자들이 오히려 더 풍족하고 안일한 삶을 만끽하고 있지 않을까?

나는 300년 전으로부터 온 왕세자 이각 역시 드라마나 소설 속에 흔히 등장하는, 부모 잘 만나 왕세자 노릇하는 유약한 왕손이겠거니 했다. 세자빈의 죽음을 낱낱이 파헤치겠다며 큰소리 치고 나섰지만 단서를 찾기는커녕 대책도 없이 화살받이가 된 장면을 보며 그러면 그렇지, 하고 혀를 찼다.

최근 들어 세종이나 정조 같은 임금이 달리 표현되고는 있지만 우리가 지금껏 만나온 왕손의 대부분은 한심하기 짝이 없는 인물이었다. 그래서 왕세자 이각도 제 몸 하나 제대로 건사하지 못하는 민폐 캐릭터인 줄 알았다.

그런데 이게 어인 일인가. 천지분간 못하고 양반다리 하고 앉아 신하들을 수족처럼 부려가며 왕세자 노릇을 계속하려 들 줄 알았더니, 이렇게 적응력이 뛰어날 수가 있나! 사리판단이 확실한 데다가 총명하기까지 하다. 홈쇼핑 계의 거목 여길남(반효정 분) 회장의 손자 용태용이 자신의 환생이라는 걸 대번에 감지해냈으니.

뿐만 아니라 본인이 현세로 왔다는 건 용태용이 죽었기 때문일 거라는 사실도 꿰뚫어 보았다. 미련곰퉁이처럼 세자빈의 환생인 홍세나(정유미 분)를 비롯한 악인들의 술수와 모함에 빠져 정신을 못 차리려니 했다. 현세에서 만난 누군가에게 신세를 져가며 문제를 해결할 줄 알았는데 그와는 반대로 300년간 이어진 악연을 풀기 위해 과거로부터 파견을 나왔던 모양이다.

특히나 이각이라는 캐릭터가 지닌 가차 없는 결단력은 높이 사고도 남음이다. 공자 말씀을 법으로 알고 평생을 살아왔을 터, '신체발부수지부모'를 내세우며 고집을 부릴 만도 한데, 머리를 잘라야 오늘에 적응할 수 있고 적응을 잘 해내야 이 매듭이 풀린다는 걸 직감적으로 깨닫는다. 그리고 오히려 신하들을 독려해 단발을 감행한다.

쓸데없이 틀에 얽매여 허우적대는 게 아니라 합리적인 생각과 판단을 할 줄 안다는 게, 생각에만 그치는 게 아니라 즉시 행동으로 옮길 줄 안다는 게 그 캐릭터의 힘이었다. 적어도 외세에 쫓겨 떠돌다가 백성에게 물고기 한 마리 얻어먹고는 은어라고 부르랬다가 궁으로 돌아와서는 '도로 묵'이라 부르라고 한 무능한 임금처럼은 안 될 터이니 반갑지 않나.

✱ ✱ ✱

청담동 마녀라는 애칭으로 사랑을 받았던 캐릭터도 그랬다. SBS 드라마 〈신사의 품격〉에 박민숙(김정난 분)이라는 재벌녀가 나왔을 때 돈만 알고 천지분간 못하는 위인인 줄 알았다. 크리스마스 이브에 이혼을 하겠다고 최윤(김민종 분)의 변호사 사무실에 들이닥쳤을 때만 해도 로맨틱 코미디에 흔히 나오는, 있는 건 돈밖에 없는 유한마담으로 보였다. 금수저 물고 태어나 배려도 모르고, 경우도 개념도 없고, 세상 모든 사람이 제 손끝 하나에 움직여야 직성이 풀리는 싹퉁바가지들을 어디 하나둘 봤어야지.

"지금 니가 본 게 돈 없는 사람이 공부해야 하는 이유야." 이 명대사도 자칫 잘못했다가는 돈이 최고라는 금전만능주의 발언으로 들렸을 수 있다. 헌데 배우를 잘 만나 개념 발언으로 거듭났다. 부모나 교사들의 열 마디 말보다 박민숙이라는 캐릭터의 이 한마디가 갈피를 잡지 못하고 흔들리는 청소년들에게 더 큰 자극이 됐을 게 분명하다.

'최선을 다해 열심히 살지 않으면 안 되는 이유를 알았지? 당신 아이가 어떤 굴욕을 당하는지 알겠지?' 하고 마치 내게 말하는 듯 들렸다. 넘치게 돈 많고 권력 빵빵한 집안에서 태어난 덕에 부유한 삶을 사는 게 아니라 돈을 다스릴 줄 아는 인물로 다가온 것이다.

이렇듯 지금을 살아가기 위해서는 부모만 잘 만난다고 되는 게 아니라는 걸 드라마 속 인물들이 보여주는 것 같다. 아무리 돈과 권력이 많아도 그걸 다스릴 지혜가 없으면 허공에 산산이 흩어지고 마는 것을.

하물며 돈도 권력도 없는 우리 같은 평범한 인물들이야 말해 무엇하겠는가. 그들보다 백 배는 더 열심히 노력해야 하지 않을까. 부모를 잘 만나든 못 만나든 그건 나의 노력으로 되는 게 아니다.

이 말에 내 마음 움직였어

그래서 나의 노력은 타고난 배경보다 훨씬 더 중요한 거다.

　로또 된 지 5년 만에 자살한 사람도 있다. 권력 또한 임기가 지나면 혹독한 대가를 치르는 걸 많이 봤다. 사랑은 지고지순함 가지고는 부족하고 그걸 뛰어넘는 지혜가 있어야 지킬 수 있다. 결국 세상에 '나'보다 더 중요한 건 어디에도 없다는 애기다. 부모만 잘 만나면 될 것 같지만 그게 다가 아닌 거지.

칼럼니스트 정석희의 〈TV 속으로〉

이 말에 내 마음 움직였어

초판1쇄 인쇄 2012년 10월 5일
초판1쇄 발행 2012년 10월 10일

지은이 정석희

펴낸이 김영애
펴낸곳 책찌
출판등록 제406-2010-000052호
주 소 경기도 파주시 교하읍 문발리 535-7 세종출판벤처타운 404호
전 화 031-955-1581
팩 스 031-955-1580
전자우편 bookzee@naver.com
ISBN 978-89-961671-5-0 03810